IN ONE DEAR PERPETUAL PLACE
WILLIAM BUTLER YEATS

在可爱的永恒之处

叶芝诗选

[爱尔兰]
威廉·巴特勒·叶芝 著
傅浩 译

译林出版社

图书在版编目（CIP）数据

在可爱的永恒之处：叶芝诗选 /（爱尔兰）威廉·巴特勒·叶芝（William Butler Yeats）著；傅浩译. -- 南京：译林出版社，2024.11
（原野诗丛）
ISBN 978-7-5753-0004-9

Ⅰ.①在… Ⅱ.①威… ②傅… Ⅲ.①诗集－爱尔兰－现代 Ⅳ.①I562.25

中国国家版本馆 CIP 数据核字（2024）第 005598 号

在可爱的永恒之处：叶芝诗选 ［爱尔兰］威廉·巴特勒·叶芝 ／著
傅 浩 ／译

责任编辑	唐洋洋
装帧设计	山川制本 workshop
封面绘制	Enikő Eged
内文插图	Jack Butler Yeats
校　　对	施雨嘉
责任印制	颜　亮

出版发行	译林出版社
地　　址	南京市湖南路 1 号 A 楼
邮　　箱	yilin@yilin.com
网　　址	www.yilin.com
市场热线	025-86633278
排　　版	南京展望文化发展有限公司
印　　刷	南京爱德印刷有限公司
开　　本	850 毫米 ×1168 毫米 1/32
印　　张	10.75
插　　页	10
版　　次	2024 年 11 月第 1 版
印　　次	2024 年 11 月第 1 次印刷
书　　号	ISBN 978-7-5753-0004-9
定　　价	62.00 元

版权所有·侵权必究

译林版图书若有印装错误可向出版社调换。质量热线：025-83658316

"在河边一片野地里,爱人和我曾驻足"

"在都尼我把琴弦一拉响"

"谁曾梦见美像梦一般飘逝?"

"一只马蹄打滑在水边"

目　　录

月下（1882—1894）

衰老而孤独者　　3
流寇的婚礼　　5
路径　　9
有关前世的梦　　10

十字路（1889）

忧伤的牧人　　15
叶落　　17
拐走的孩子　　18
经那些柳园往下去　　21
老渔夫的幽思　　22

玫瑰（1893）

尘世的玫瑰　　25
湖岛因尼斯弗里　　27
爱的忧伤　　28
在你年老时　　29
白鸟　　30

梦死	31
梦想仙境的人	32
老雇佣兵的哀歌	35
两棵树	37

苇间风（1899）

恋人讲述他心中的玫瑰	41
到曙光里来	42
漫游的安格斯之歌	44
恋人伤悼失恋	46
他教爱人平静下来	47
诗人致所爱	49
他赠给爱人一些诗句	50
饰铃帽	51
他描述一个满是恋人的山谷	54
他愿所爱已死	55
他冀求天国的锦缎	56
都尼的提琴手	57

在那七片树林里（1904）

箭	61
切勿把心全交出	62
树枝的枯萎	63
亚当所受的诅咒	65

蓬茸的树林	68
哦，别爱得太久	69
快乐的镇区	70

绿盔及其他（1910）

荷马歌颂的女人	77
文字	79
没有第二个特洛伊	81
和解	82
和平	83
祝酒歌	84
智慧与时俱来	85
凡事都能诱使我	86
铜分币	87

责任（1914）

灰岩	91
致一位徒劳无功的朋友	98
致一个幽魂	100
海伦在世时	102
三个乞丐	103
乞丐对着乞丐喊	107
奔向乐园	109
黎明前的时刻	111

山墓	118
亡国之君	119
寒天	120
好让夜晚来到	121
一件大衣	122

库勒的野天鹅（1919）

库勒的野天鹅	125
一位爱尔兰飞行员预见死亡	127
人随年岁长进	129
一首歌	131
学究	133
论女人	134
钓者	137
人民	140
他的不死鸟	143
得自普罗佩提乌斯的一个想法	145
深重的誓言	146
致凯尔纳诺的一只松鼠	147
有人求作战争诗感赋	148
吾乃尔主	149
月相	154

麦克尔·罗巴蒂斯与舞者（1921）

  一九一六年复活节   165

  关于一名政治犯   170

  将近破晓   172

  再度降临   174

  为女儿的祈祷   176

  战时冥想   181

碉楼（1928）

  向拜占庭航行   185

  内战期间的沉思   188

  一、祖传的宅第   188

  二、我的住宅   190

  三、我的桌子   192

  四、我的后裔   194

  五、我门前的道路   195

  六、我窗边的燕雀巢   196

  七、我看见仇恨、内心充实及未来空虚的幻影   197

  轮   200

  青年与老年   201

  勒达与天鹅   202

  题埃德蒙·杜拉克作黑色人头马怪图   204

在学童中间 206
三座纪念雕像 211

旋梯及其他（1933）

纪念伊娃·郭尔-布斯和康·马尔凯
　　维奇 215
死 218
自性与灵魂的对话 219
象征 223
洒掉的奶 224
十九世纪及以后 225
三次运动 226
在阿耳黑西拉斯——沉思死亡 227
拜占庭 229
对不相识的导师们的谢忱 232
或许可谱曲的歌词 233
一、疯珍妮与主教 233
二、受责的疯珍妮 234
三、疯珍妮在最后审判日 235
四、疯珍妮与雇工杰克 236
五、疯珍妮谈上帝 237
六、疯珍妮与主教交谈 239
七、年老的疯珍妮观看舞者 240
八、少女的歌 241

九、少年的歌	242
十、她的忧虑	243
十一、他的信心	243
十二、爱的寂寞	244
十三、她的梦	245
十四、他的约定	245
十五、三样事	246
十六、催眠曲	247
十七、长久沉默之后	248
十八、像雾和雪一般狂	249
十九、那些跳舞的日子已逝去	250
二十、"我来自爱尔兰"	251
廿一、舞者在克洛坎和科罗-帕垂克	253
廿二、疯子汤姆	254
廿三、汤姆在克洛坎	255
廿四、又见老汤姆	255
廿五、关于普罗提诺的德尔斐神谕	256

帕内尔的葬礼及其他（1935）

超自然之歌 259
一、瑞夫在波伊拉和艾琳之墓畔 259
二、瑞夫驳斥帕垂克 261
六、他和她 262

九、人的四个时期	263
十、合相	263
十一、针眼	264

新诗（1938）

天青石雕	267
甜美的舞女	271
三丛灌木	272
贵妇的第一支歌	276
贵妇的第二支歌	277
贵妇的第三支歌	279
情郎的歌	280
一亩草地	281
给多萝茜·韦尔斯利	283
伟大的日子	285
帕内尔	286
马刺	287
朝圣者	288
给桂冠诗人的范本	290
那些形象	292
老年人为什么不该发狂	294

最后的诗（1938—1939）

布尔本山下	299

雕像	306
给德尔斐神谕的消息	309
长足虻	312
一炷香	314
约翰·金塞拉对玛丽·穆尔太太的哀悼	315
高谈	318
鬼影	320
政治	322
叶芝年表	323

月下（1882—1894）

衰老而孤独者

他们说我傲慢又孤独,对,傲慢,
因为在不断变幻的人群中间
我的爱与恨永远都保持不变
直到长眠,高傲的灵魂永不变。

嘲笑我的人群,他们的爱与恨
在世上流浪,找不到固定家庭,
两个在许多门前乞讨的游魂,
啊,它们比风中的浪花还要轻。

从前的日子我往往爱到狂热,
可我爱的人总是变心,从热恋
有的到冷淡,有的到仇恨——而我
始终如一,高傲的灵魂永不变。

我在爱恋中往往也乐于憎恨,
憎恨中也为爱找到一个家庭,
虽然最近变老了却没有变更,
可是它们比风中浪花还要轻。

因此之故我永远傲慢而伤感,
直到长眠,高傲的灵魂永不变;
群众,他们的爱与恨永无家庭,
啊,它们比风中的浪花还要轻。

流寇的婚礼

爱尔兰,16——

难道你不怕流寇的凄惋爱情?
永远跟着他,年轻的低地女儿,
他在西海边杀死了他的兄弟,
是一个依山傍水而居的游民。
　难道你不怕流寇的洞穴?
那里没有温顺的枕头供你躺,
只有流寇的胳膊和干草当床,
　最终是一个流寇的墓穴。

难道你不怕不倦的獒犬之仇
到每处沙漠泉源边追寻我们,
沿石楠丛生的山坡追寻我们,
把我戴铁的额和你柔弱的头
　惊醒去面对共同的运命?
难道你不怕不倦的獒犬之吼?
从爱走到无爱的天堂或地狱
　从欲乐之梦到亡魂之梦?

你每次接吻都会怕他,看见他

金色晨曦中佝偻而行的幽魂；
在水池旁边梳洗打扮你自身，
为了我修饰妆容的时候怕他。
　难道你不怕，难道你不怕
寒冷黎明时点缀蘑菇的草莽？
那里无海豚喷泉，无平滑草场
　和舒适宅邸令你心情佳。

女孩，难道你不怕爱如此孤独？
没有朋友的眼看你柔发飘然，
因为他们都死了，我的老伙伴——
风吹呀吹过每一块白色胸骨。
　在露湿树林或光秃山丘，
剑或箭追上了他们，他们完蛋。
乌鸦把他们的血肉当做盛宴，
　强悍的鹰隼也吃饱喝足。

你若是想要流寇的凄怆爱情，
那就跳上来坐在鞍上我前头。
驱驰已久，就让布赖恩在溪头
刨刨疲惫的蹄子。在铁盔头顶
　我永远佩戴着你的手套。
可是听，难道你不怕獒犬之吠
滚滚回响在遥远的空谷之内，

滚滚回响在山间的小道？

驾！驾！他们要追上了。尽力跳跃，
布赖恩！从黑暗裂谷之上一跃
而过！抓紧，亲爱的，此刻将赢得
爱情的长久日子或永久安歇。
　吻我吧，恐怕你得到后者。
我们安全了。听巨石相撞坠下
裂谷的嵯峨崖壁，在我们脚下
　哐啷响——我们踏过时松落。

驾——驾——现在他们有许多里之遥。
在柔波拍岸之处，我们把马辔
放松，沿灰色沙滩漫游。在那里
我杀了我兄弟；我们刀剑相交
　仅仅为嬉戏，战斗的狂热
袭来，我下了杀手。他是我帮里
第一和最后一位。现在我午时、
　早晚都遭受上帝的谴责；

跟我一起走的人都总是迷路，
出外到满载悲哀的坟墓世界，
难道你不怕上帝的谴责，女孩？
你的眼回答，无论天堂或地狱，

你在此同享我凄惨人生。
抓紧,亲爱的,让我感受你和平
靠近我灵魂,永无星光的无情
　　黑旋风在那里与日俱增。

走过海滩,聚集的群山合拢来
紧围着我们。我们的路在那里,
天光渐放亮。我们扭曲的影子
随我们飞奔。云洗的山峦拔地
　　而起,在平原上高耸千尺——
我若不曾称你为良马,以伟大
布赖恩[1]为你命名,现在就轻踏
　　西洋白分时巨浪的拍子。

月光下面配置着森林的阴暗;
常常在雷霆的吼叫震响上边,
战神谈论着我国长久的争战;
此处有我们的石灰岩洞,悲惨
　　厄运从离他切近的巨怪
云团降到人类的疲惫精神上;
我们将住在此,远离盾牌刀枪,
　　远离一群群讨厌的武士

---

[1] 指布赖恩·博如(941—1014),中世纪著名的爱尔兰最高国王。

路　径

我若是上帝，大天使就应当
　　去把星星从天空摘下来，
　　忽然又都急匆匆飞起来，
把它们散布成闪亮的一行——
一条恰恰好闪亮的路径。
　　我只有生命可以献给你；
　　轻轻地踩吧，最轻柔地踩，
你悲伤的脚下是我的生命。

1891年8月5日

有关前世的梦 [1]

麻鹬和田凫的叫声、月亮的蜜白色光晕、
山谷中带露的青草、那低吼的大海母亲、
林地里跳跃的绿叶、天空中星星的光焰
比细长的白指可亲,胜过你柔和的黑眼;

你前来靠近我一点,仪态又动人又温和,
脸上混合着倦意和秋天悲伤的玫瑰色;
在柔和的黑眼照耀下,我的世界毁灭了,
它已经等待了一千年,现在消逝终结了!

"你对我比往昔荒漠里的一位兄长更亲。"
你说得多温柔,多温柔——"我只拉手做友人:
在此生开始前,他们把我们一起卖为奴,

---

[1] 1891年8月,茉德·冈写信给叶芝说,她梦见他俩前世是阿拉伯沙漠边缘的一对兄妹,一同被鬻卖为奴。叶芝错会了意,立即兴冲冲赶去向她求婚。她拒绝了他,说她不能结婚,但希望保持两人之间的友谊(参见叶芝《回忆录》,德尼斯·多诺休编,伦敦:麦克米伦,1972年,页46)。此诗原题《数世轮回之前:记七月某夜你的梦》,后改题《纪念》,拟收入第二本诗集《女伯爵凯瑟琳及各种传说和抒情诗》时(1892)又改为现题。也许过于直涉隐私,叶芝在审读诗集校样时从中删除了此诗。

但爱神比日月更古老,不听任何人吩咐。"

九[1]个世纪前我与你相遇,彼此目光交织,
一瞬间又分离,沮丧就降临我们的日子;
我们走各自的旅程,竟羡慕草盖的死人,
因爱神头戴繁星冠,掠过了没注意我们。

---

[1] 九为神秘数字,非确指。

十字路（1889）

忧伤的牧人 [1]

有一人被"哀愁"点名当作了朋友,
他,梦想着"哀愁",那高贵的伙伴,
沿着那光闪闪、潮声隆隆的沙滩
慢步行走,那里有风浪在巡游。
他朝着群星大声呼喊,求它们
从银色宝座上俯身来安慰他,可
它们自顾自不断地大笑和唱歌。
于是那被"哀愁"当朋友的人
哭喊:沧海啊,请听我悲惨的故事!
大海汹涌,喊着她古老的嘶喊,
睡梦中翻滚过一个又一个山峦。
他从她的壮美的折磨下逃离,
到一处遥远、温柔的山谷中驻停,
向晶莹的露珠把全部的故事哭诉。
可它们什么也没听见,因为露珠
永远在倾听自身滴落的声音。

---

[1] 此诗作于1885年,最初发表于《都柏林大学评论》(1886年10月),题为《最悲惨者》。

于是那被"哀愁"当朋友的人
又回到海滩去,找到一只空螺,
思忖:我要把沉痛的故事述说,
直到我自己的话语,再度回音,
把悲哀送过空洞、珠润的心底;
我自己的故事重新为我讴歌;
我自己的低语令人感到慰藉;
看哪!我古老的重负就可以脱离。
于是他对着珠润的螺唇轻唱;
可是那孤寂海边悲哀的居民
在她那迷人的螺旋中把他的歌声
都变成了模糊的呻吟,把他遗忘。

叶　落 [1]

秋色染上了爱我们的细长树叶，
染上了大麦垛子里田鼠的毛皮；
枯黄了，我们头顶上的山梨树叶，
枯黄了，露水打湿的野草莓叶子。

爱情衰减的时辰已困住了我们，
我们忧伤的灵魂又厌倦又疲惫；
分手吧，趁情热季节没忘掉我们，
你低下额头带上一记吻一滴泪！

---

[1] 此诗是依照一首传统曲调填写的歌词。

拐走的孩子

斯利什林地[1]的高高

岩岸浸泡入湖水处,

有一个蓊郁的小岛,

那里有振翅的白鹭

把瞌睡的水鼠惊扰;

在那里我们已藏好

满盛着浆果的魔桶,

偷来的樱桃红通通。

人类的孩子啊,走!

跟一个精灵,手拉手,

到那水上和荒野里,

因为人世溢满你不懂的哭泣。

远在罗西斯岬角[2]边,

月光的浪潮洗刷着

---

[1] 斯利什林地:在斯来沟郡吉尔湖南岸。
[2] 罗西斯岬角:斯来沟附近一海滨渔村。叶芝原注(1888)说:"这里有一块多岩石之地,如果有人在那里睡着了,就有醒来变痴呆的危险,因为精灵们拿走了他们的灵魂。"(《校勘本》,页797)

朦胧而灰暗的沙滩；
我们彻夜地踏着脚，
把古老的舞步编织；
交缠着眼神和手臂，
一直到月亮已飞逃；
我们往返地跳跃着，
追逐着飞溅的水泡，
而人世却充满烦恼，
正在睡梦里焦灼着。
人类的孩子啊，走！
跟一个精灵，手拉手，
到那水上和荒野里，
因为人世溢满你不懂的哭泣。

格仑卡湖[1]上的山里
漫流的泉水四处涌；
杂草丛生的水池子
难得沐浴到一颗星；
从滴泪的蕨草深处
悄悄地把身子探出
在年轻的溪水上面，
我们找沉睡的鳟鱼，

---

[1] 格仑卡：盖尔语，意为"纪念碑之谷"，斯来沟附近一湖泊名。

在它们的耳边低语，
给它们不宁的梦幻。
人类的孩子啊，走！
跟一个精灵，手拉手，
到那水上和荒野里，
因为人世溢满你不懂的哭泣。

那眼神忧郁的孩子，
他就要跟我们离去：
将再也听不见牛崽
在温暖山坡上低吼；
听不见火炉上水壶
使他心静的唱歌声；
将再也看不见家鼠
绕着麦片箱转不停。
那人类的孩子，来喽，
跟一个精灵，手拉手，
到这水上和荒野里，
来自溢满他不懂的哭泣的人世。

经那些柳园往下去 [1]

经那些柳园往下去,爱人和我曾会面;
用一双雪白的小脚,她走过那些柳园。
她教我从容看爱情,一如枝头生绿叶,
可是我年少又愚蠢,不同意她的见解。

在河边一片野地里,爱人和我曾驻足;
在我斜倚的肩头上,她搭着雪白小手。
她教我从容看人生,一如堰上长青草,
可是我年少又愚蠢,如今满眼泪滔滔。

---

[1] 此诗原题《老歌重唱》,作于 1888 年。叶芝(1889)说:"这是根据斯来沟郡巴利索代尔村的一个经常自哼自唱的老农妇记不完全的三行老歌词重写的尝试。"(《校勘本》,页 90)这首老歌可能是民间谣曲《寻欢作乐的浪子们》,其中有句云:"一天傍晚我从柳园旁边路过,/在那里看见这小美妞,她对我这样说:/她劝我把爱情看轻易,如枝头生绿叶,/可我年少又无知,不同意爱人的见解。"

老渔夫的幽思 [1]

海浪哟，虽然你们像玩耍的孩子般在我脚边跳舞，
虽然你们脸放光，眼发亮，虽然你们叫声欢，脚步轻，
但是从前的六月比近来的更暖和，海浪也更欢娱，
那时候我还是个小伙子，心里面还没有一丝裂痕。

大群的鲱鱼再也不像往日那样在潮水里洄游；
真让人悲伤！当年大车上的藤筐咯吱吱响个不停，
满载着一网打来的鲜鱼到斯来沟县城里去出售，
那时候我还是个小伙子，心里面还没有一丝裂痕。

啊，骄傲的女孩儿，哪怕他的桨声在水面上荡响，
你也不比她们漂亮，那些骄傲又出众的美人，
她们曾经在黄昏时分漫步在卵石滩上的渔网旁，
那时候我还是个小伙子，心里面还没有一丝裂痕。

---

[1] 此诗作于1886年6月，最初发表于《爱尔兰月刊》（1886年10月）。叶芝（1895）称："此诗所根据的是一个从斯来沟湾捕鱼归来的渔夫对我说的一些话。"（《校勘本》，页797）

玫瑰（1893）

尘世的玫瑰 [1]

谁曾梦见美像梦一般飘逝?

为了这红唇——满含哀怨的骄傲,

哀怨没有新的奇迹会来到——

特洛伊在一场冲天的葬火中消逝, [2]

乌什纳的孩子死掉。[3]

我们同辛劳的尘世一道流逝:

在飞逝的群星,天空的浪沫下头,

在仿佛冬季里奔腾的苍白河流

那样蜿蜒迂回的人们的灵魂里,

---

[1] 此诗作于1891年,赠给茉德·冈,原题为拉丁文。对于叶芝,玫瑰虽仍是理性美或爱的象征,但不同于雪莱或斯宾塞的理性美。后者是被追求的遥远的东西,而前者是与人类一同受难的美。

[2] 据希腊神话,因特洛伊王子帕里斯拐走斯巴达王后海伦而引起十年特洛伊战争。特洛伊城最终被希腊人攻陷焚毁。

[3] 叶芝解释说,乌什纳是"黛尔德的恋人奈希及朋友阿尔丹和安利的父亲"(《校勘本》,页799)。据爱尔兰传说,北爱尔兰武士奈希在兄弟阿尔丹和安利的陪伴下,与美女黛尔德私奔到苏格兰,而此前黛尔德已被北爱尔兰王康纳哈选中作王后。后来他们被康纳哈诱回爱尔兰,三兄弟遂被康纳哈的军队所杀。

这孤独的容颜不朽。[1]

鞠躬,大天使,在你们幽暗的住处:
在你们存在,或任何心脏跳动前,
疲惫而温和者[2]已在神座前盘桓;
神把这尘世造成一条青草路,
在她漫游的双脚前。

---

[1] "孤独的容颜"指海伦或茉德·冈的面容。
[2] "疲惫而温和者"指海伦,亦影射茉德·冈。据说,原诗只有前两节。恰逢茉德·冈登山归来,疲极而善异常。叶芝受宠若惊,遂增添了第三节。

湖岛因尼斯弗里 [1]

我要起身前去,前去因尼斯弗里,[2]
用树枝和着泥土,在那里筑起小屋:
我要种九垄菜豆,养一箱蜜蜂在那里,
在蜂鸣的林间空地独居。

我将享有些平和,平和缓缓滴落,
从清晨的面纱滴落到蟋蟀鸣唱的地方;
那里夜半幽幽,正午紫光灼灼,
黄昏织满了红雀的翅膀。

我要起身前去,因为每夜每日
我总是听见湖水轻舐湖岸的低音;
站在马路上,或站在灰色人行道上时,
我都在心底听见那声音。

---

[1] 此诗作于 1888 年 12 月。因尼斯弗里:盖尔语,意为"石楠岛",是斯来沟郡吉尔湖中一小岛名。
[2] 仿《圣经·新约·路加福音》第十五章第十八节句:"我要起身,前去我父亲那里。"

爱的忧伤 [1]

屋檐下面一只麻雀的聒噪,
皎洁的明月以及乳色夜空,
还有树叶精彩和谐的歌调,
遮掩了人的影像及其哭声。

一个红唇凄然的女孩 [2] 起身,
仿佛广大的世界泪水泛滥,
像奥德修斯 [3] 船队必遭厄运,
像普里阿摩 [4] 率众傲然死难;

起身,在这喧闹正酣的檐角,
空旷天穹爬上的一轮月亮,
还有树叶的所有悲伤哀悼,
只能构成人的哭声和影像。

---

[1] 此诗作于 1891 年 10 月。
[2] 指古希腊美女海伦。
[3] 奥德修斯:古希腊传说英雄,献木马计破特洛伊城,凯旋途中历尽艰险,历时十年之久才到家。
[4] 普里阿摩:特洛伊国王,城破后被希腊人杀死。

在你年老时 [1]

在你年老,头白,且睡意沉沉,
挨着火炉打盹时,取下这书,
慢慢诵读,梦忆从前你双眸
神色柔和,眼波中倒影深深;

众人爱你欢快迷人的时光,
爱你美貌出自假意或真情,
唯有一人爱你灵魂的至诚,
爱你渐衰的脸上缕缕忧伤;

然后弓身凑在熊熊炉火边,
喃喃,有些凄然,说爱神 [2] 溜走
到头顶之上群山之巅漫游,
把他的容颜藏在繁星中间。

---

[1] 此诗作于 1891 年 10 月 21 日。仿法国诗人皮埃尔·德·龙沙(1524—1585)的同名十四行诗。赠给茉德·冈。
[2] 指罗马神话中的男性小爱神丘比特(希腊神话中叫厄洛斯),女爱神维纳斯(希腊神话中叫阿芙洛狄忒)之子,可凭附在恋人体内,一旦爱情不再,即离体而去。古罗马诗人奥维德的长诗《岁时记》卷六第五行云:"我们体内住着一个神;他一动,我们就被点燃。"另参见《有关前世的梦》一诗末行。

白　鸟 [1]

我情愿我们是，亲爱的，浪花之上一双白鸟！
流星暗淡陨逝之前，我们已厌倦了那闪耀；
低悬在天空边缘，暮色里那颗蓝星的幽光 [2]
唤醒了我们心中，亲爱的，一缕不死的忧伤。

倦意来自那些露湿的梦想者：玫瑰和百合； [3]
啊，别梦，亲爱的，飞逝而去的流星的闪烁，
或那低悬在露滴中滞留不去的蓝星的光辉：
因为我情愿我们化作浪花上的白鸟：我和你！

我心头萦绕无数的岛屿，妲娜居住的海滨，
在那里，时光会遗忘我们，悲伤也不再来临；
很快我们会远离玫瑰、百合和星象的不祥，
只要我们是双白鸟，亲爱的，出没在浪花上！

---

[1] 叶芝解释（1892）说："仙境的鸟像雪一样白。'妲娜居住的海滨'当然是'青春永驻之邦'，或仙境。"（《校勘本》，页799）妲娜：或妲奴，是古爱尔兰传说中的诸神之母。后来有学问的基督徒即用"妲娜之民"称呼爱尔兰早期居民。
[2] 蓝星：指金星，西方以爱神维纳斯之名称之。蓝色则是悲伤之色。
[3] 玫瑰：女性的象征；百合：男性的象征。

梦　死 [1]

我梦见一人死在一个陌生地方，
身边无故又无亲；
他们钉起木板遮盖了她的面庞，
那些当地的农民
好奇地把她安葬在那荒郊野地，
又在她的坟头上
把那两根木头做的十字架竖起，
四周种柏树 [2] 成行；
从此把她留给天上冷漠的星辉，
直到我刻下此话：
从前她比你初恋爱人长得更美，
如今却睡在地下。

---

[1] 此诗最初发表于《国民观察家报》(1891 年 12 月 12 日)，原题《墓志铭》。
[2] 柏树是哀悼和复活之象征。

梦想仙境的人

他站在竺玛海尔[1]的一群人中；
他全心系挂着一件丝绸裙衫，
在大地给他石硬的关怀之前，
他终于懂得了些许蜜意柔情；
可是当一人把鱼倒成一堆时，
仿佛鱼儿抬起银色的小脑袋，
歌唱金色清晨或黄昏洒落在
蓊郁的世外海岛上面的东西，
那里人们相爱在嵯岈的海边；
在那繁枝编结的不朽屋顶下，
时光永不会毁坏恋人的誓约：
歌声把他从安宁中重新摇醒。

他漫游在利萨代尔庄园[2]湖滨；
他一心患得患失地想着金钱，
他们在山脚给他堆造坟墓前，

---

[1] 竺玛海尔：利陲姆郡一乡村。
[2] 利萨代尔庄园：叶芝的朋友康斯坦丝（1868—1927）和伊娃（1870—1926）·郭尔-布斯姐妹的家宅。

他终于懂得了些许节俭光景；
可当他走过一处湿地的时候，
一只沙蜴张着灰色的泥巴嘴
歌唱北方或西方或南方某地
有一个快乐狂放温和的民族
住在金色或银色的天空之下；
若有一舞者停下饥饿的步子，
太阳和月亮仿佛都结了果实：
听了那歌声他变得又呆又傻。

他在斯卡纳文[1]的水井旁沉思，
思想笑他的人们；毫无疑问
他突然的报复成了乡间传闻，
当尘世之夜把他的身体吞噬；
可是塘边生长的一株两耳草
用过分的残忍声音歌唱那里——
古老的静寂教它的选民欢喜，
无论涨起和落下多大的浪潮，
风暴的白银侵蚀白昼的黄金；
深夜就好像羊毛把他们围裹，
恋人依偎着恋人将共享安乐。
这传说驱散了他稀薄的怨忿。

---

[1] 斯卡纳文是斯来沟郡一小镇。

他长眠在卢纳郭尔[1]山丘之下；
既然大地接受了万物和人类，
他或许终于懂得了无扰沉睡，
在那寒冷雾气笼罩的山坡下：
难道他尸骨周围蠕动的蛆虫
不曾以不倦的尖厉嘶喊宣称：
上帝已经把手指按在了天穹，
流光溢彩的夏季溢出那指缝
把无梦的海浪边的舞者淹没？
那些无恋人思念的恋人为何
要梦，到上帝一吻焚毁世界？
那人在墓中找不到一丝慰藉。

---

[1] 卢纳郭尔：斯来沟郡格仑卡谷地中一小镇，盖尔语意为"异乡人谷地"。

老雇佣兵的哀歌 [1]

虽说如今我躲避雨淋,
在一棵断树下面,
但在时间把我变老前,
我座位紧挨炉边,
在每群谈论爱情或者
政治的伙伴中间。

虽说少壮又在造枪矛,
准备要举行反叛;
疯狂流氓向人间暴政
发泄满腔的怒焰,
但我却把沉思专注于
改变了我的时间。

---

[1] 叶芝自注(1895)说:"这首小诗基本上是韦克娄的一位老农的原话的翻译。"(《校勘本》,页799)1908年他又解释说此诗是源自"在双岩山上一个人对我的一位朋友所说的话"(《校勘本》,页844)。双岩山在都柏林郡附近;那位朋友是作家乔治·W.拉塞尔(1867—1935)。

没有一个女人转过脸
回顾一棵断树干，
可我曾经爱过的美人
在我记忆里依然；
我往时间的脸上啐唾——
它已经把我改变。

两棵树

亲爱的,凝视你自己的心里,
那神圣的树在那里正生长;
欢乐中生发出神圣的繁枝,
颤巍巍的花朵缀满枝头上。
那果实变幻的斑斓的色彩
用悦目的光给群星作嫁资;
它隐蔽着的根须实实在在
已经把寂静栽种在黑夜里;
它满头的繁叶频频的摇曳
赋予了海浪以澎湃的旋律,
也使得我的唇与音乐结合,
为了你低声唱迷幻的歌曲。
在那里众爱神绕着圈起舞,
把我们的青春火一样缭绕,
旋转着,缠绕着,反反复复,
沿着那树荫下无知的大道;
忆想起那长发簌簌地抖开,
那带翅的凉鞋如何地飞驰,
你的眼就充满温柔的关怀:

亲爱的，凝视你自己的心里。

不要再凝视那苦涩的镜面：
众魔鬼心怀着狡诈的诡计，
高举着它走过我们的面前，
要不然只凝视它片刻一时；
那里面长着个致命的影像，
它享受着风暴之夜的款待，
根须在雪下半显露半埋藏，
枝干都断折，叶子已焦黑。
因万物都变得不育而贫瘠，
在群魔高擎的昏暗的镜中；
那外部世界的烦恼的镜子
是远古上帝在沉睡时造成。
那里面，在断残的枝桠中间
穿行着不安的思绪的乌鸦；
飞翔着，啼叫着，往往返返，
饥饿的喉咙，凶残的脚爪，
要不然就抖动破烂的翅羽，
兀立着猛吸那狂风；老天，
你温柔的眼神都变得冷酷！
不要再凝视那苦涩的镜面。

苇间风（1899）

恋人讲述他心中的玫瑰 [1]

丑陋残缺的万物,破损陈旧的万物,
路边孩童的啼哭,笨重大车的咯吱,
那抛撒冬季肥土,耕夫沉重的脚步,
都伤害着你的形象:我心底绽放的玫瑰。

丑恶的事物犯下的过错太难以述说;
我渴望重造它们,然后远坐在绿地,
守着新铸的天地海洋,像一只金盒
盛我梦中你的形象:我心底绽放的玫瑰。

---

[1] 此诗最初发表于《国民观察家报》时(1892 年 11 月 12 日)题为《我心中的玫瑰》。

到曙光里来 [1]

破敝的心,在一个破敝的时代,
来呀,摆脱那是是非非的罗网;
大笑吧,心,又见灰白的曙光,
叹息吧,心,又见清晨的露滴。

你的母亲爱尔 [2],她永远也不老,
露滴永远闪亮,曙光总是灰白;
虽然希望离弃你,爱情又朽坏,
在一条毁谤之舌的烈焰中焚烧。

来吧,心,到这层峦叠嶂之地:
因为太阳和月亮,山谷和森林,
大川和小溪那神秘的兄弟之情
在这里通力实现着它们的意志;

上帝伫立着吹响祂孤独的号角,

---

[1] 此诗最初发表于《国民观察家报》时(1893年7月29日)题为《凯尔特的曙光》;收入《凯尔特的曙光》一书中时改为现题。
[2] 爱尔:盖尔语,即爱尔兰。

时光和世界永远在匆匆地飞逝；
爱情并不比灰白的曙光更和蔼，
希望并不比清晨的露滴更亲切。

漫游的安格斯之歌 [1]

我出门来到榛树[2]林里,

因为头中燃着一团火,

砍下一段榛枝削成杆,

在一根线端钩挂浆果;

在粉白蛾子展翅飞舞,

粉蛾似的星星闪现时,

我把浆果投到溪水里,

钓起一条小小银鳟鱼。

我把它放在地面之上,

然后去把火苗儿吹起,

可是地面上沙沙作响,

有谁在呼唤我的名字;

---

[1] 此诗最初发表于《速写》(1897年8月4日),题为《疯歌》。叶芝解释(1899)说:"妲奴女神的部族能够随意变化,那些居住在水里的常常化身为鱼。……在别的时候它们则是美丽的女人……此诗是受一首希腊民歌所启发的;但是希腊的民间信仰与爱尔兰的非常相似;在写作此诗时,我当然想到的是爱尔兰以及爱尔兰的那些精灵。……"(《校勘本》,页806)关于安格斯,叶芝说他是"青春、美和诗歌之神。他统治着青春之邦"(《校勘本》,页794)。

[2] 榛树:在爱尔兰被视为神圣的生命之树。

它变成一个晶莹少女,
鬓边簪插着苹果花枝;
她喊我名字然后跑开,
穿过渐亮的空气消失。

虽然走遍了深谷高山,
我已经变得衰弱老朽,
但是我定要把她找到,
吻她的嘴唇牵她的手;
走在斑驳的深草丛中,
采撷月亮的银色苹果,
采撷太阳的金色苹果,[1]
直到时光都不再流过。

---

[1] 指日光、月光透过树荫洒在地面上形成的圆形光斑,采撷它们喻不可能的事情。

恋人伤悼失恋 [1]

额白、发浓、手安详,
我有个美丽的朋友,[2]
并梦想旧日的绝望[3]
终将在爱情中结束:
一天她窥入我心底,
见那里有你[4]的影像,
于是就哭泣着离去。

---

[1] 此诗最初发表于《穹顶》(1898年5月),与《他听见蒲苇的呼喊》和《他想起那些曾恶语中伤他爱人的人们》二诗合题为《伊夫致黛克托拉:三首歌》。
[2] 女友:指奥莉维娅·莎士比亚(1863—1938)。1894年,正当叶芝陷于对茉德·冈的无望的爱情旋涡中之时,诗友莱奥内尔·约翰生把表妹奥莉维娅介绍给了他。叶芝与她始终保持着密切关系,只因她丈夫不肯离婚而未能与她结合。
[3] 旧日的绝望:叶芝自1889年结识茉德·冈以来屡次向她求婚,但均遭拒绝。
[4] 你:指茉德·冈。

他教爱人平静下来 [1]

我听见那幻影群马，它们长鬣颤抖，

铁蹄杂沓而沉重，眼睛里白光闪烁；

---

[1] 此诗作于1895年9月24日，是赠给奥莉维娅·莎士比亚的；最初发表于《萨沃伊》（1896年1月）时题为《麦克尔·罗巴蒂斯让爱人平静下来》。叶芝原注（1899）说："十一月，旧时的冬季之始，或佛魔罗，亦即死亡、阴郁、寒冷、黑暗之力量的得胜之始，爱尔兰人将其与马形的普卡——它们现在是顽皮的精灵，但曾经是佛魔罗神祇——相联系。我想它们也许与曼南南的群马有某种联系，曼南南统治着死者之国，而佛魔罗的特什拉也统治着那里。曼南南的群马常常与海浪相关联，虽然它们也能同样轻易地跑过陆地。某位新柏拉图主义者——我忘了是谁——把大海描写成生命的漂浮不定的苦难，而我相信，在许多爱尔兰关于航行去魔岛的传说中含有类似的象征，或者在形成这些故事的神话学中多少含有一些。我大体仿效爱尔兰和其他神话学以及巫术传统，把北方与夜晚和睡眠相联系，把日出之处东方与希望相联系，把日盛之处南方与热情和欲望相联系，把日落之处西方与衰亡和梦幻事物相联系。"（《校勘本》，页808）有关于天气的盖尔语歌谣曰"北风凛冽，南风湿润，东风干燥，西风慷慨"云云。佛魔罗：据叶芝解释（1895），"佛魔罗，死亡、黑暗、寒冷、邪恶之力量，来自北方"（《校勘本》，页796）；"佛魔罗义为来自海下，是死亡、黑暗、寒冷之神的名字。佛魔罗是奇形怪状的，时而有牛羊之头，时而只有一条腿和一条从胸口正中伸出的胳膊。它们是邪恶精灵之祖，据某位盖尔语作家说，又是一切畸形人之祖。巨人和小妖精尤其被认为是属于佛魔罗之类"（《校勘本》，页795）。普卡：爱尔兰传说中的"孤独精灵"之一，形状多变，时而为马，时而为驴，时而为牛，时而为鹰。特什拉：佛魔罗之王。曼南南：属于"妲奴之部族"，为海神。

北方在头顶上展开匍匐紧贴的夜色，
东方在晨光破晓前把隐秘欢乐展露，
西方在白露中饮泣，带着叹息飘逝，
南方倾撒着暗红色火焰的玫瑰花瓣。
睡眠、希冀、梦想、无尽欲望之幻，
灾害之群马都投进沉重的凡胎肉体。
亲爱的，让你的眼半闭，让你的心
在我心上跳荡，你的发落在我胸上，
把爱的孤寂时刻淹没于静深的暮光，
遮蔽那些飞扬的长鬣和杂沓的蹄音。

诗人致所爱 [1]

如潮水销蚀鸽灰的沙滩,
被情热销蚀的白皙女人,
我用虔敬的双手带给你
我的无数个结集的梦幻,
怀着比时光苍白的火里
溢出的残月更苍老的心;
有无数个梦的白皙女人,
我给你带来热情的诗韵。

---

[1] 此诗作于1895年,最初发表于《参议院》时(1896年3月)题为《红发欧萨利文致玛丽·拉沃尔之二》。

他赠给爱人一些诗句 [1]

用金卡别紧你的头发,
束起每一绺松散发卷;
我命我心把拙诗制作:
日复一日,夜复一夜,
它从古代的战争里面
造就出一曲美丽哀歌。

你只需举起一只玉手,
拢起长发,叹息一声;
男人的心必燃烧狂跳;
朦胧沙滩上白浪似烛,
滴露天空中群星高升,
只为照亮你过路双脚。

---

[1] 此诗作于1895年,最初用于短篇小说《束发》中,无题;收入《苇间风》时题为《伊夫赠给爱人一些诗句》。

饰铃帽 [1]

弄臣 [2] 在花园里徘徊：
花园里暮色深寂；
他命令灵魂高飞起，
到她窗台上站立。

在鸱鸮初啼的时分，
它蓝衣笔挺飞起：
一想到那轻悄足音，
它口齿顿变伶俐；

年轻王后却不愿听，
披着白睡衣起身；

---

[1] 此诗作于1893年。叶芝原注（1899）："我梦见这故事，完全如我所写，随后又做了另一个长梦，试图想出它的意思，以及我将用散文还是用诗写它。第一个梦与其说是梦，不如说是幻视，因为它美丽而一贯，给我以人们得自异象的启示和升华，而第二个梦则混乱而无意义。此诗对于我总有丰富的含义，虽然作为象征性的诗，它不是总是意味相同。布雷克会说：'作者在永恒之中'，我肯定他们只有在梦中才能被怀疑。"（《叶芝诗集新编》，页591）
饰铃帽：马戏团丑角所戴的饰有铃铛的尖帽。

[2] 弄臣：服务于宫廷的伶人，通常扮演丑角以博国王一乐。

她关闭沉重的窗棂,
把道道窗闩插紧。

在鸱鸮不再啼之时,
他命心向她飞去;
它身穿抖颤的红衣,
隔着门对她唱曲。

梦想着那如花发卷,
它歌喉顿变甜蜜;
但她从桌上拿起扇,
把它拂到半空里。

"我有饰铃帽,"他想,
"送给她我就去死";
放在她经过的地方,
在晨光大白之时。

她把饰铃帽贴胸上,
用如云浓发遮盖,
红唇对它把情歌唱
直到群星飞天外。

她打开前门和后窗,

那心和灵魂飞进；
红的降在她右手上，
蓝的落入左手心。

它们似蟋蟀相鸣和，
聊得伶俐又甜蜜；
她头发拢起如花朵，
脚下是爱的静谧。

他描述一个满是恋人的山谷 [1]

我梦见我站在一个山谷中,四周一片叹息,
一对对幸福的恋人联翩走过我站立之处;
我梦见失去的爱人悄悄从那树林里溜出,
朦胧似梦的眼眸上垂着洁白如云的眼皮:
我在梦中高喊:啊,女人,教小伙子把头
枕在你们的膝上,用长发淹没他们的双眼——
否则忆起她的脸,他们会觉得别无好容颜——
直到这世上所有的山谷都渐渐不复存留。

---

[1] 此诗最初发表于《星期六评论》(1897年1月9日),题为《恋人的山谷》;收入《苇间风》时改题为《伊夫描述一个满是恋人的山谷》。

他愿所爱已死 [1]

假如你只是躺着,冰冷死透,
三光正朝着西天外暗淡消亡,
你就会来这里,低下你的头,
我也会把我的头枕在你胸上;
你就会喃喃低语温柔的话语,
把我宽恕,因为你已经死透。
纵然你有着野雀一般的心志,
你也就不会起身,匆匆离去,
而是会明白你的长发被缚系
缠绕在星星月亮和太阳上头。
呵,亲爱的人,但愿你躺在
那羊蹄草叶覆盖下的土地里,
当三光——暗淡消亡的时候。

---

[1] 原题为《伊夫致黛克托拉》。在叶芝早期短篇小说《束发》中,为伊夫被斩之头对爱人所唱。

他冀求天国的锦缎 [1]

假如我有天国的锦缎,
那用金银的光线织就,
黑夜、白天、黎明和傍晚,
湛蓝、暗灰、漆黑的锦绣,
我愿铺展在你的脚下。
可我,一贫如洗,只有梦,
我已铺展在你的脚下;
轻踏,因你踏着我的梦。

---

[1] 原题为《伊夫冀求天国的锦缎》。

都尼的提琴手 [1]

在都尼我把琴弦一拉响,
乡亲们起舞像海浪;
表兄在基尔瓦内 [2] 当神甫,
在莫卡拉比 [3] 是兄长。

我顺路去拜访两位老兄:
他们都念诵祈祷书;
我从斯来沟 [4] 集市上买来
我的歌本儿用心读。

在寿命终结时我们来到
圣彼得 [5] 庄严的座前,
他会对三个老鬼微微笑,
却叫我头一个过关;

---

[1] 此诗作于 1892 年 11 月。都尼岩位于斯来沟郡吉尔湖畔。
[2] 基尔瓦内:斯来沟郡巴里那卡罗村附近的一个小镇。
[3] 莫卡拉比:斯来沟镇西南郊马格拉波依乡镇。
[4] 斯来沟郡斯来沟镇位于爱尔兰西北部,是叶芝外祖父母家所在地,叶芝在那里度过了童年的大部分时光。
[5] 在基督教传统中,圣彼得被描绘为天堂的守门人。

因为好人们总是快活的,
要不是碰上坏运道,
快活的人们爱听提琴声,
快活的人们爱舞蹈:

那里的人们一旦看见我,
他们都会到我身旁,
欢呼"都尼的提琴手来啦!"
就一同起舞像海浪。

在那七片树林里（1904）

箭 [1]

从前我想起你的美,这枚箭镞 [2]——
由狂想铸就——就钉入我的髓骨。
如今已没有男人会看她,没有,
不像青春少女初长成的时候,
颀长而高贵,可是胸房和面颊
却好像苹果花一样色泽淡雅。
现在这美更温和,但有个缘故
让我痛哭:旧日的美已迟暮。

---

[1] 此诗作于 1901 年,写叶芝对于 1889 年与茉德·冈初识的回忆。
[2] 箭镞:象征情欲。

切勿把心全交出 [1]

切勿把心全交出,因为爱情
只要貌似确定,它对于热情
如火的女人来说似乎用不着
一想,她们永远也梦想不到
它从一次次亲吻间渐渐消逝;
因为美好可爱的一切不过是
一种短暂、虚幻如梦的愉快。
呵,切勿把心彻底地交出来,
因为所有滑腻的嘴唇都会说,
她们把心都已交给了那玩乐。
如果爱到聩聋、喑哑、盲目,
谁又能做到玩儿得恰到好处?
作此诗之人他知道全部代价,
因为他把心全交出又全输啦。

---

[1] 此诗作于1903年12月至1904年3月间。

树枝的枯萎 [1]

月亮对群鸟喃喃低语的时候我高呼:
"让田凫任意啼唤,让麻鹬随处鸣唱,
我渴望你那欢快、柔和、悲悯的话语,
因为道路无穷尽,没有我心灵的地位。"
蜜般莹白的月亮低悬在瞌睡的山丘上,
我在寂寞多溪水的埃赫蒂山 [2] 上入梦。
没有枝条是由于严冬的寒风而枯萎;
枝条枯萎是因为我讲给了它们我的梦。

我知道女巫常走的树叶覆盖的小路,
她们带着珠冠和纺绩羊毛的纺线锤,
以及神秘的微笑,来自湖底的深处;
我知道朦胧月在何处漂浮,妲娜 [3] 之辈
在何处纠缠拆解她们的舞步,双脚在
白浪闪耀处,月光在岛中草地上变冷。
没有枝条是由于严冬的寒风而枯萎;
枝条枯萎是因为我讲给了它们我的梦。

---

[1] 此诗原题《多溪水的埃赫蒂》。
[2] 埃赫蒂:据传说是"妲娜部族"中的一员,亦即一女神。埃赫蒂山在戈尔韦和克莱尔郡境内。
[3] 妲娜:见《白鸟》一诗注。

我知道那沉睡的国度，那里天鹅盘旋，
且飞且歌唱，被金色的链条拴系成双[1]。
一位国王和王后[2]在那里漫游，那歌声
使他们如此快乐而绝望，耳聋而目盲，
没了智慧，竟至于漫游到岁月全流逝；
我知道，埃赫蒂的麻鹬田凫也都知情。
没有枝条是由于严冬的寒风而枯萎；
枝条枯萎是因为我讲给了它们我的梦。

---

[1] 初版的《在那七片树林里》(1903) 收有叙事诗《波伊拉与艾琳》，叶芝对该诗的原注说："……在安格斯头顶上飞翔的鸟儿是他用他的吻造出的四只天鹅；当波伊拉和艾琳变成被金链拴在一起的天鹅时，他们采取古老故事中他们之前中了魔法的恋人们所采取的形体。弥迪尔是仙境之民，即希神的一个国王；他的妻子艾阒被一个妒忌的女人所逐，一度与安格斯一起在一座玻璃房子里避难……"（《叶芝诗集新编》，页 686）

[2] 国王和王后：波伊拉和艾琳。

亚当所受的诅咒 [1]

有一年夏末我们聚坐在一起,
你的密友,那美丽温柔的女子 [2],
还有你和我,共同把诗艺谈论。
我说:"一行诗也许花几个时辰,
但假如看来不像瞬间的灵感,
我们缀缀拆拆也都属枉然。
那你还不如屈膝跪倒在地,
把厨房地板擦洗,或像个老丐
去敲砸石块,无论天气好与坏;
因为要连缀妙音绝响,就要比
这些都更费工夫,可是还要被
聒噪的钱商、教员和牧师之辈——
殉道之士所谓的尘俗世界——
认作是游手好闲。"

---

[1] 此诗作于 1902 年 11 月 20 日,赠给茉德·冈。上帝因亚当偷吃禁果而把他逐出伊甸园并诅咒他说:"你必终身劳苦,才能从地里得吃的。……你必汗流满面才得糊口,直到你归了土……"(《旧约·创世记》第 3 章第 17—19 节)
[2] "你":指茉德·冈;"密友":指茉德·冈的异母妹妹凯瑟琳·皮尔彻太太。

接着下来

答言的是那美丽温柔的女子；
一听见她的嗓音低沉甜美，
许多人都会感到心中作痛：
"虽说学校里没有这门课程，
但是生为女人就理应知晓：
为求美好我们必须辛劳。"

我说："无疑，亚当堕落以来，
没有美好的东西不需费力气。
有不少恋人认为，爱情应该
配合有足够隆重高尚的礼仪——
他们叹息着摆出博学的面孔，
从美丽的古代典籍中博引旁征——
但如今就像是随随便便的交易。"

一提到爱情我们便沉默不语；
看夕阳最后一缕金辉燃尽；
在苍穹瑟瑟抖颤的碧色之中，
一瓣残月，日复一日年复一年，
好似空贝壳浮沉在群星之间，
任时光的潮水冲刷磨损而破裂。

我有一个念头，只能对你说：

你美丽动人，我也尽心竭力
用古老的崇高方式把你热爱：
那似曾幸福，然而我们已经
像那空洞的残月般心灰意冷。

蓬茸的树林 [1]

呵,快到那林间的溪水边,那里,
步态优雅的牡鹿和情人在叹嗟——
当它们只不过看见自己的影子——
但愿没有谁曾爱过,除了你和我!

或者你可曾听见那穿银鞋滑翔、
白皙的、银妆灿烂的空中女神 [2] 说——
当太阳从金色风帽中向外张望——
呵,没有谁曾爱过,除了你和我!?

呵,快到那蓬茸的树林去,那里,
我要把那些恋人都逐出,大喝——
呵,我的一份世界,金黄的发丝!
没有谁曾经爱过,除了你和我。

---

[1] 此诗原题《空林》,曾用于1905年版短篇小说《拧绳子》中。
[2] 指月亮。

哦,别爱得太久

心肝哟,别爱得太久:
我久久地爱过,
可结果华年流逝,
像首过时的歌。

在整个青春岁月里,
我们都分不清
彼此纠缠的思绪;
二人像一条心。

可是哦,她一下变了——
别爱得太久哟,
不然你华年流逝,
像首过时的歌。

快乐的镇区 [1]

有许多健壮农夫,
如果能看见我们
骑马前去的镇区, [2]
心就会裂成两份;
那里的一年四季
花果都挂满枝头;
河流之中充溢着
红色褐色的醇酒;
一老人演奏风笛
在金色银色林中;
女神们成群起舞,
她们的眼碧如冰。

---

[1] 此诗最初发表于《评论周刊》(1903年6月4日),收入《在那七片树林里》时题为《来自北方的骑者》,但后来又恢复了现题。叶芝晚年在BBC广播谈话节目(1937年10月29日)中说,此诗写前往仙境"青春之乡"之旅。
[2] 指隐藏在可见世界表象背后的乐园。

那小狐狸[1]他低声说：

"世界的祸根[2]如何？"

太阳在甜蜜地大笑，

月亮拉着我的马索；

但那小红狐低声说：

"哦，别拉他缰绳，

他骑马要去那镇区，

那就是世界的祸根。"

当情绪如此高涨

竟至动手的时候，

他们就摘下重剑，

从金色银色枝头；

可是所有阵亡者

又重新复活苏醒。

幸亏他们的故事

不为人们所知情，

因为呵，健壮农夫

就会让铁锹赋闲，

---

[1] 小狐狸可能源自一首盖尔语歌曲《小红狐狸》，象征与物质世界为敌的同盟者。

[2] "我把仙境叫作'世界的祸根'，因为我视之为理想的完美，是一切无望渴求和公众动乱的源头。"（叶芝《再谈我自己的诗》，科尔顿·约翰逊编《晚期杂文》，斯克里布纳，1937年，页291—292）

他们的心像杯子,
会早已被人饮干。

那小狐狸他低声说:
"世界的祸根如何?"
太阳在甜蜜地大笑,
月亮拉着我的马索;
但那小红狐低声说:
"哦,别拉他缰绳,
他骑马要去那镇区,
那就是世界的祸根。"

晚餐摆好的时候,
从头顶上的枝头
米迦勒[1] 摘下喇叭,
把一些噪音吹奏。
加百列[2] 摆着鱼尾
从水里出来,谈起
人们所走的潮湿
路上发生的奇事,
并举起一只古老

---

[1] 米迦勒:犹太教和基督教传说中的大天使,天使军团的统帅。
[2] 加百列:犹太教喀巴拉体系中的月亮天使,司水。

镶银的角觥，痛饮，
直到他酣然睡倒
在星光灿烂的河滨。

那小狐狸他低声说：
"世界的祸根如何？"
太阳在甜蜜地大笑，
月亮拉着我的马索；
但那小红狐低声说：
"哦，别拉他缰绳，
他骑马要去那镇区，
那就是世界的祸根。"

绿盔及其他(1910)

荷马歌颂的女人 [1]

若是在我年轻时,
有哪个男人靠近,
我想:"他对她有意",
又恨又怕直战栗。
可是,若无动于衷,
他从她身边走过,
那更是十恶不赦。

于是我开始著述,
到如今,鬓发斑白,
我梦想已把思绪
提升到如此高度,
以至未来可以说:
"他在一面镜子里
描绘了她的身姿。"

---

[1] 此诗作于 1910 年 4 月 5—15 日。荷马是古希腊盲诗人;女人指特洛伊的海伦,象征茉德·冈。

因为在我年轻时,
她有如火的热情,
步态骄傲而优美,
就仿佛踩着云霓:
荷马歌颂的女人!
生活和文字变成
不过一场英雄梦。

文　字 [1]

不久前我曾经这样想：
"我爱人怕不能理解
这盲目苦难的土地上
我做过或要做什么。"

对太阳我渐生厌倦心
到思绪重新变清晰，
忆想起最优良的行径
是曾经诚实地坦白；

我每年都大喊："到头来
我爱人会理解一切，
因为我已攒足了力气，
文字也听从我驱策"；

假如她理解了谁能说

---

[1] 此诗作于1909年1月22日，原题为《安慰》。

筛子中会漏下什么？
我也许把破文字抛却，
心满意足地去生活。

没有第二个特洛伊 [1]

我何必怪她,说她使我的日子
充满了不幸,或者说她近来会
教给无知群众极暴力的方式,
或煽动小民去与大人物作对 [2],
只要他们有大如欲望的勇气?
有什么能使她安静?既然生就
被高贵炼得单纯如火的心意,
长得有如满弓似的美貌,具有
高傲、孤独和极其严肃的品格,
在这样的时代显得极不谐调。
嗨,她就这样,又能做出什么?
难道还有一个特洛伊供她烧?

---

[1] 此诗作于1908年12月。据希腊神话,特洛伊王子帕里斯诱走斯巴达王后海伦,引起十年战争,最终特洛伊城被希腊人攻陷焚毁。叶芝此处以海伦比喻茉德·冈。
[2] 茉德·冈在爱尔兰政治活动中鼓吹暴力革命,叶芝对此持不赞同态度。

和 解 [1]

有人也许会责怪你,说你夺走了
能够在那一天感动他们的诗歌,
当时,霹雳把双耳震聋,把两眼
耀盲,你离我而去[2],我遂寻不见
可以作一首歌的素材,除了君主、
头盔和刀剑,以及半遗忘的事物——
就仿佛关于你的记忆——但此时
我们将出门,因世人生活如往昔;
我们将要在一阵阵大笑、大哭中,
把头盔、王冠和刀剑都扔进深坑。
可是,亲亲,抱紧我;自从你走后,
我贫瘠的思想已寒彻我的骨头。

---

[1] 此诗作于 1908 年 9 月。
[2] 1903 年,叶芝在都柏林正要做讲演时,听说了茉德·冈在法国结婚的消息。他做完了讲演,但不知道自己都说了些什么。

和　平 [1]

啊，愿时光能损毁那体形，
它显示荷马时代所孕育、
英雄的报酬是何等尤物。
"若非她一生都只是暴风，
画家就画不出一个线条
如此高雅的体形，"我说，
"如此精致高贵的头额，
妩媚中透出那十分冷峭，
刚强中透出那十分柔情？"
啊，待时光损毁了她体形，
那最终的和平才会来到。

---

[1] 此诗作于1910年5月，叶芝访茉德·冈于法国期间。

祝酒歌 [1]

美酒口中饮，

爱情眼角传；

我们所知唯此真，

在老死之前。

举杯至双唇，

眼望你，我轻叹。

---

[1] 此诗作于1910年2月17日，是为格雷戈里夫人根据意大利剧作家卡尔洛·哥尔多尼（1707—1793）的《女店主》改写的剧本《米兰朵丽娜》所作的女主人公的一段唱词。叶芝称此诗和《面具》一诗的灵感得自梅波尔·狄金生。

智慧与时俱来 [1]

叶子虽繁多,根茎只一条;
在青年时代说谎的日子,
我把花叶在阳光里招摇;
如今,我可以凋萎成真理。

---

[1] 此诗作于1909年3月21日,原题《青年与老年》。

凡事都能诱使我 [1]

凡事都能诱使我抛开这诗艺：
从前是一张女人的脸 [2]，或更次——
傻瓜治理的故土貌似的需要 [3]；
如今没什么比这习惯的辛劳 [4]
来得更得心应手。我年轻之时，
从来不曾花分文听一支曲子，
除非诗人以那样的神情歌唱，
能令人相信他有把剑在楼上；
可现在，要是我能够随心所欲，
我宁愿又冷又聋又哑胜过鱼。

---

[1] 此诗作于1908年夏，最初发表于《英格兰评论》（1909年2月）时题为《分心》。
[2] 暗示对茉德·冈的迷恋。
[3] 暗示对政治运动的热衷。
[4] 暗示剧院事务的经营管理。

铜分币 [1]

我低语:"我还太年轻",
又一想:"我已不算小";
为此我抛起一分币
算一算恋爱是否早。
"去爱,去爱吧,小伙子,
若姑娘年轻又美好。"
分币啊,分币,铜分币,
我陷入她卷发圈套。
分币对着我唱起来:
"没有谁聪明到绝顶,
能窥透其中的奥秘;
陷入她卷发圈套中,
他得把爱情久思寻,
到时光线圈不再绕。" [2]
分币啊,分币,铜分币,
恋爱何时都不嫌早。

---

[1] 此诗最初发表于《绿盔及其他》时题为《青年人的歌》。
[2] 另一较早版本9—14行作:"爱情啊是个曲折物, / 没有谁聪明到绝顶 / 能窥透其中的奥秘, / 他得把爱情久思寻, / 直到群星都飞逝, / 阴影把明月吞噬掉。"

责任(1914)

灰　岩 [1]

在柴郡干酪[2]聚餐的伙伴,

与我同学技艺的诗人们,

有一个老故事经我改编,

心想比时下流行的传闻

更可能取悦你们的耳朵,

尽管你们会认为我假装

其中可能有激情,生活

多于死亡,是费力白忙;

尽管忙于给你们打酒喝,

健壮的老戈班[3]不置一词;

---

[1] 灰岩:山丘名,在克莱尔郡,是爱尔兰传说中女神埃法的居处。埃法通常被描写为"神仙情人"。在1014年爱尔兰人抗击丹麦人的科隆塔夫战役之前,她提出要陪她最喜爱的情郎杜佛林·欧哈特甘过二百年快乐生活,如果他不跟他的朋友、国王布赖恩·博如之子穆拉夫一起去参加战斗的话。他拒绝了,遂与穆拉夫、布赖恩·博如一起战死。叶芝在《爱尔兰农民神话传说故事》(1888)中把埃法描写为"盖尔人的缪斯,因为她给予她所迫害的那些人以灵感。盖尔诗人早夭,因为她无休无止,不愿让他们在人世上久留——这个恶毒的妖女"。
[2] 伦敦弗利特街附近的一家小饭馆,1890年代初"诗人俱乐部"同人的聚会处。
[3] 老戈班:即锻工戈班,爱尔兰神话人物,属于"妲奴的部族",以善造饮之可使人长生不死的仙酿著称,亦有厨神之称。

教益给你们因为出自我。

日暮时酒杯传递起来时——
好故事不就是这样流传?——
众神祇正在餐桌前聚坐,
在斯里佛纳蒙[1]宫殿里面。
或打鼾,或唱困倦的歌,
因为他们都酒足又饭饱。
戈班打造的金属器皿上,
冒烟的火炬添一层光耀;
那边滚动的深厚老银缸,
或者还没有喝干的酒杯,
都是趁狂热鼓动起肌肉,
他在山顶上所打造出来,
用来盛他酿制的、唯有
诸神才可以沾取的琼浆。

从令他们睿智的浆液上,
此时诸神都抬起了眼光,
眼光中充满朦胧的想象,
因为有一个貌似女人者[2]

---

[1] 斯里佛纳蒙:盖尔语,义为"女人山",在提珀若瑞郡,"妲奴的部族"中一名为鲍勃·德戈的国王的都城所在地。
[2] 指女神埃法,又作埃法尔。

在他们瞌睡的眼前急奔,
并且因激动而颤抖着说:
"快出来掘地找一个死人,
他正潜藏在地下的某处,
当面嘲弄他一番,接着
再用马和猎狗把他驱逐,
因为他是死人中最坏者。"

只要是我们梦见那殿宇,
那些酒泡的眼睛,我们
就会茫然而惊恐,咒诅
使未来生活空虚的厄运。
我认识一女[1]无人能取悦,
因为小时候她就曾梦想
造就得如此的男女人杰;
后来,她热血沸腾如狂,
才解开理清自己的故事,
说道:"两年或三年以后,
我只好嫁给可怜的白痴",
说完这句话,眼泪直流。

酒馆同人,自你们死后,

---

[1] 指茉德·冈。

也许你们的形象一直站——
仅仅抛弃了骨头和肌肉——
在那差不多满屋人面前。
年轻时你们得面对结局——
那是醇酒妇人,或祸害——
但从不创作较差的歌曲,
那样就会有较重的钱袋,
也不为某事业呐喊助威,
那样就会有一大帮朋友。
你们遵守了诗神的严规,
无悔地面对你们的结局,
因此赢得了权利——不过
我最赞赏道生和约翰生[1]——
而跻身世人遗忘者之列,
效仿其骄傲坚定的眼神。

"黎明至黄昏之间,丹麦
军队被赶了出去,"她说,
"虽然那事件长久都存疑,
虽然爱尔兰国王和大多
诸侯战死,但未及日暮,

---

[1] 厄内斯特·道生(1867—1900)和莱奥内尔·约翰生(1867—1902):英国诗人、"诗人俱乐部"成员。

一切都已经结束。
　　　　　　"那一日
爱尔兰国王之子穆拉夫
正一步一步地向后撤退,
他及其精锐部队背靠背
困在那里,可是丹麦人
突遭一看不见之人攻击,
被杀声直吓得惊慌逃遁;
心怀感激,穆拉夫追赶
一只鲜血浸透、在地上
踏印出痕迹的鞋底发现
那人站在老荆棘树丛旁;
虽然他这里看了那里看,
其实只看见荆棘树,说:
'不过像是空气,却劈斩
如此精妙的朋友是哪个?'
于是一青年现身他眼前,
说:'因岩石养育的埃法
用深爱裹挟着我,不愿
让我死,她拿一枚发卡,
把它别在了我的衬衣上,
担保说就凭这一枚卡子,
没人能看见而把我损伤;
可是,瞧,它没了;看见你,

王子，伤成这样，我不愿
享有这幸运，这是耻辱。'
这话说得圆，但是夜晚
来临，他对我暴露了坟墓，
因为他和那王子都死了。
我曾应许他享寿二百岁，
即使他不顾我所做所说——
这不死的双眼潸然落泪——
声称国家的需要居首位，
我也会救他性命，可为了
一个新朋友他变成了鬼。
我的心碎了他在乎什么？
我要铁锹马匹还有猎犬，
我们好把他撺走。"于是
她纵身扑倒横躺在地面，
撕破了衣裳，放声悲泣：
"他们的力量得自漫游在
灰岩和风光之中的神祇，
那他们为什么还不忠实？
为什么最忠实的心最爱
虚伪面孔的苦涩之甜蜜？
为什么长生要爱必死者？
为什么神仙被凡人背弃？"

可是,众神个个站起来,
从容微笑着,一声不响,
伸出手臂,高举着酒杯,
走到她躺着悲泣的地方,
突然间浇得她浑身透湿;
她浑身滴淌戈班的醇醪,
不再记得发生过什么事,
眼瞪着众神咧开嘴大笑。

我信过——信仰虽经考验——
岩间生、岩间漫游的脚;
你们死后,世界已改变;
对于在大海的面前咆哮、
认为剑击比恋人的曲子
更加悦耳动听的那群体,
我不再看好——暂且如此,
好让那漫游的双脚满意。

致一位徒劳无功的朋友 [1]

如今真理全沦丧,

对任何如簧之舌 [2]

最好是缄默投降;

你出身高贵 [3],岂可

与那等人物竞争?

纵然谎言被揭露,

他也会旁若无人,

自己也不觉愧羞。

生来惯做比凯旋

---

[1] 此诗作于1913年9月16日。叶芝1922年自注:"格雷戈里夫人在她的《休·雷恩爵士传》中认为那首以'如今真理全沦丧'开头的诗是写给他的。其实不是;那是写给她本人的。"1903年,格雷戈里夫人的外甥休·雷恩爵士决定把他收藏的一批近代法国绘画捐赠给都柏林市,条件是须建永久性美术馆专门收藏。由于新馆设计者爱德华·路廷斯爵士是英国人以及建馆资金不足,该计划遭到以《先驱晚报》和《独立爱尔兰人报》总裁威廉·马丁·莫菲为首的都柏林民族主义者的反对,从而引起长达十余年的争议。其间格雷戈里夫人积极支持雷恩爵士并为该计划奔忙,但收效不大,反而遭到反对派的攻击。
[2] 指以莫菲为代表的反对派舆论。
[3] 格雷戈里夫人出身贵族。

更难之事[1],扬长去,
好像大笑的琴弦
在乱石成堆之处
任疯狂手指拨弄,
默默地心中狂欢,
因为已知万事中
这一件最是困难。

---

[1] 指格雷戈里夫人和雷恩爵士等为之奋斗的寂寞的艺术事业。

致一个幽魂 [1]

如果你曾经重游故城,瘦鬼,

不论是为了瞻仰你的纪念碑 [2]

(不知工匠是否拿到了薪水)

还是在日暮时带着更快乐的思忆

来啜饮那来自海上的咸腥气息,

当人声阒然唯见灰鸥飞舞,

荒凉的屋脊披上晚霞的庄严时:

就让这些满足你再重新逝去;

因他们仍在玩弄故伎。

    一男子 [3]

一如你热心为公,曾双手奉献——

但愿他们知道,他那些东西

已赋予他们的子孙更美好的情感,

---

[1] "幽魂":指查尔斯·斯图亚特·帕内尔(1846—1891),爱尔兰民族党和议会党领导人,曾任大不列颠地方自治联盟主席,号称"爱尔兰的无冕之王",在爱尔兰民族自治运动中起过重要作用。由于与基蒂·欧什阿太太的私通关系,他遭到众议,被开除出党,免去职务。

[2] 帕内尔死后,在都柏林欧康纳尔大街为他建有一座纪念碑;现该处为帕内尔广场。

[3] 指休·雷恩爵士。见《致一位徒劳无功的朋友》一诗注。

更高尚的思想,有如温和的血液
作用于他们的血脉里——被逐出此地;
他的辛苦换来了成堆的侮蔑;
他的慷慨换来了成堆的辱耻;
你的敌人,老臭嘴[1],唆使了群狗
去把他撕咬。

    去吧,不安的游魂,
用格拉斯内文的被单[2]裹住你的头,
直到尘土封住你的耳轮;
你品尝那咸腥海风,在街头巷尾
静静倾听的时刻还没有来到;
你生前已有足够的忧苦伤悲——
去吧,去吧!你在墓中更安好。

1913年9月29日

---

[1] 指威廉·马丁·莫菲,他曾组织攻击帕内尔。亦见《致一位徒劳无功的朋友》一诗注。
[2] 帕内尔葬于都柏林格拉斯内文公墓。"被单"当指裹尸布。

海伦在世时 [1]

绝望中我们曾号泣:

为一点琐事

或喧闹、野蛮的竞技,

人们竟放弃

我们历尽了辛苦

赢得的美女;

然而,假如漫步

在那些高塔里,

遇见海伦和她儿子,

我们也只不过

像别的特洛伊男女,

问声好,逗个乐。

---

[1] 此诗作于 1913 年 9 月 20—29 日间。叶芝在 1909 年 7 月 8 日的日记中写道:"两天前我梦到这样一个想法:'如果人们虐待我们的缪斯,我们有什么理由抱怨,既然海伦在世的时候,他们所给她的不过是一支歌和一句玩笑?'"(《自传》,伦敦:麦克米伦,1955年,页 521)比较荷马史诗《伊利昂记》卷 3 行 155—160:"当看见海伦走近城墙时,/他们彼此低声说起流言蜚语:/'没人责怪特洛伊人和重装的希腊人/为这样一个女人遭受如此长久的磨难;/她看上去真像不死的女神啊!'"

三个乞丐

"尽管在深及羽毛的水里,
我自破晓起就伫立在此,
但我没找到一点东西吃,
因为只有垃圾来这里。
我难道要以小杂鱼为生?"
郭特[1]的老鹭鸶哼哼唧唧。
"费尽力却以小杂鱼为生?"

癸尔王[2]漫步在他的宫廷里,
宫殿庭院和御水河边,
在那里对三个老年乞丐说:
"你们曾流浪得又广又远,
定能解开我头脑中的疑惑。
人们是欲求少所得却多,
还是欲求多所得也多?"

---

[1] 郭特:戈尔韦郡一小镇。叶芝短篇小说《暮色中的老人》叙述有圣帕垂克把竺伊德教抄书人变成鹭鸶的传说故事。
[2] 癸尔·艾德呐(卒于663年):古爱尔兰康纳赫特国王,以慷慨好施著称。

一个乞丐说:"人或恶魔
都无法使之疲倦者得最多;
是什么让他们肌肉鼓包,
若非欲望使之如此?"
可癸尔心思诡秘地大笑:
"这要像看起来一样真实,
你们仨就有一个是富翁,
因为第一个睡着者将会
得到一千镑,只要他能
在第三天正午钟响前入睡。"
于是,像雀儿一样喜欢,
癸尔王心怀深算老谋,
离开御水河和宫殿庭院,
撇下他们争论个不休。
"如果我赢了,"一个乞丐说,
"尽管我老了,我仍要说服
一个漂亮妞与我共卧";
第二个:"我要学一门技术";
第三个:"我要赶到赛马场,
挤在别的绅士们中间,
把钱全押在一匹马身上";
第二个:"我又想了一遍:
当个农场主才更体面。"
彼此相对又叹息又叫嚷。

妄自尊大与游手好闲
生出的乞丐式非分幻想
透过他们的唇齿从午时
唱到午时；第二个黄昏
给乞丐们带来月亮的狂乱时，
谁也没合上充血的眼睛，
只设法让同伴不能入睡；
都吼叫着直到怒不可遏，
相互撕打扭作一堆。

他们又捶又咬一整夜；
他们又捶又咬天光亮；
他们又捶又咬过一整日，
直到又过了一个晚上；
假如说需要稍事休息，
他们就蹲下来咒骂呵斥；
当年迈的癸尔前来站立
在三人面前结束这故事时，
他们浑身是血和虱子。
"时间到了。"他喊，三人
全都瞪着他，血充满眼。
"时间到了。"他喊，三人
跌倒在尘埃，打起了鼾。

"也许我还会碰到好运气,
既然他们安静了,"鹭鸶说,
"尽管在深及羽毛的水里,
我一直伫立像石头做的,
看着垃圾跑来跑去,
但是肯定有鳟鱼在某处;
我也许会捉到一条鳟鱼,
只要我显得满不在乎。"

乞丐对着乞丐喊 [1]

"现在该脱离人世去某个地方
在海风里重新寻找我的健康,"
疯狂发作,乞丐对着乞丐喊,
"整理好灵魂 [2] 趁脑袋尚未秃光。"

"得到一个称心的老婆和房子,
以便赶跑我鞋子里面的魔鬼,"
疯狂发作,乞丐对着乞丐喊,
"和我两腿之间的更恶的魔鬼。"

"虽然我想娶一个漂亮的女孩,
但也不必太漂亮——这没关系,"
疯狂发作,乞丐对着乞丐喊,
"可是镜子里却现出一个魔鬼。"

"她也不应太富有,因为富人

---

[1] 此诗作于 1913 年 3 月 5 日。有人认为其情调可能与于 1910 年结束的与梅波儿·狄金生的关系有关。
[2] "整理灵魂":爱尔兰惯常说法,意思是准备后事。

为财产所累犹如乞丐痒难忍,"
疯狂发作,乞丐对着乞丐喊,
"不可能有风趣谈吐令人欢欣。"

"在那里我将变得悠闲且可敬,
在花园之夜的宁静中间倾听,"
疯狂发作,乞丐对着乞丐喊,
"北极黑雁御风飞行的击翅声。"

奔向乐园 [1]

我越过风口裂谷而来,
他们丢半分钱到我帽子里,
因为我正在奔向乐园;
我需要做的只是希冀,
有人就把手伸进碟子,
给我扔来了一块咸鱼:
在那里国王不过像乞丐。

我哥哥穆尔廷疲惫不堪,
因责打他那吵闹的大蠢汉
而我正在奔向乐园;
可怜的生活,随他所欲,
尽管他有一支枪一条狗,
一个女佣和一个男仆:
在那里国王不过像乞丐。

贫穷之人变成了富人,

---

[1] 此诗作于1913年9月20日。

富裕之人又变成穷人，
而我正在奔向乐园；
在校时还晃荡光脚丫子，[1]
许多受宠的才子已变呆，
如今用金钱填满了旧袜子：
在那里国王不过像乞丐。

风已衰老但仍在嬉逐，
而我必须兼程赶路，
因为我正在奔向乐园；
可是我从未遇见一个伴
把我的幻想当作风一般，
没有人能够购买或捆卷：
在那里国王不过像乞丐。

---

[1] 叶芝在伦敦上小学时，曾把脚后跟用墨水涂黑，以使袜子上的破洞不易被人注意。

黎明前的时刻 [1]

一长相喜幸骂咧咧的无赖，
一拐杖撑一捆褴褛破衣，
在名叫克洛坎 [2] 的多风之地
蹒跚，那条健壮的独腿
所能够尽量做到的就是——
在他咒骂时把他撑直。
他数过，在梅娃女王 [3] 往昔
生养九子梅尼 [4] 的所在地，
有一对田凫，一只老绵羊，
直到平原边都没有人家；
忽然在他的右手近旁，
一堆灰石头和一块岩架
提醒他，只要挪动几颗
石头，他就能够搭起
一个可栖身到天亮的小窝。

---

[1] 此诗作于 1913 年 10 月 19 日。
[2] 克洛坎：古康纳赫特王国的首都，在爱尔兰罗斯康门郡境内。
[3] 梅娃：爱尔兰神话中康纳赫特女王。
[4] 梅尼：梅娃与诗人艾里尔所生九子（传统数目为七或八）的总称。

可是在他摸索石头时,
石头却坍塌;"要不是我
有一条幸运的木头腿肚,
我就被砸伤了";石头滚过,
他眼前,刚才石头所在处,
现出一个幽深的岩洞。
他喘了一口气,想要逃躲,
相信那不是真正的岩洞——
因为据一部古代史书说,
地狱口 [1] 就开在此处不远——
却站着没动,因为在洞中,
一醉脸酡红的高大少年
蜷起了身子倒在一桶
啤酒和一柄昌子近旁,
打着鼾,看样子不像鬼物。
于是笑一笑自己的惊惶,
他爬进那令人愉快的洞窟。

"近黎明夜气变得不安定,
竟使我睡不踏实;可是谁
厌倦了同自己做伴搭伙?
梅娃吵闹的九子中哪位

---

[1] 克洛坎附近一岩洞,传说为地狱的入口。

厌烦了墓穴而吵醒了我?
但愿他待在墓穴里一回,
好让我找回丢失的瞌睡。"

"你是睡是醒关我什么事?
只是我不许人把我叫作鬼。"

"随你怎么说,但从天亮起
我还要再睡一个世纪。"

"可是我睡觉前要说闲话,
说闲话之前要喝酒。"
　　　　　　　　要不是
那酣睡者惊跳起来的话,
他早已把那木舀子深深
浸入酣睡者的酒桶里边。

"从戈班[1]的山头我拽来这酒,
在你把舀子伸进去之前,
我要确认你有能力品味
啤酒;没哪个一条腿的蠢货
能把鼻子伸进我的舀子,

---

[1] 见《灰岩》一诗注。

只因在黎明前这个坏时刻
绊倒在这个洞口跟前。"

"嗨,啤酒不过是啤酒。"
        "可先说
'我要一直睡过了冬天,
或者也许直到仲夏节[1]',
再喝,你就会睡到那么久。"

"我想要睡到冬天过去了
或者等到太阳元气恢复。
这寒风都刺到我骨头里了。"

"我最初并没有更好的计划。
我原先以为要等那或等这,
也许这天气可恶又可怕,
或者我没有女人可亲热,
所以就睡他个一年半载,
可逐年我发现这越来越少
给我以乐趣,我宁愿放弃
哪怕半点钟的空虚无聊;
而在某一年末尾我发觉

---

[1] 6月24日,施洗者约翰的诞辰纪念日,夏至日前后。

我连一分钟都不曾醒过,
就选了这个地下的洞穴。
我要在这里把时间都睡过:
我至今已睡了九个世纪,
除了有时在早晨,我发现
田凫在忙于愚蠢的鸣啼,
绵羊迎着风在咩咩叫唤,
同时我也在扮演着丑角。"

那个乞丐蹲在洞穴里
开始大发脾气而暴跳:
"显然你没有资格,不配
嘲笑我喜爱的一切事情,
好像它们不值得去做。
如果复活节 [1] 吹起好风,
我就会过得足够快活;
尽管冬天的风很讨厌,
我不会因你所说所为
而觉得过于心灰意懒,
只要这风自南方吹来。"

"你大喊,啊,愿春天到来

---

[1] 基督复活纪念日,在 3 月 22 日至 4 月 25 日之间。

或者风向偏转一点,
却不知这样你会招致——
假如时间的关节更柔软——
既不是春天又不是南风,
而是你将消逝,身后
不留冒烟烛芯的时辰,
因为众生渴盼那末日,
没有人不把耳朵竖起
打听米迦勒的喇叭[1]何时响,
宣布骨和肉可以消失,
灵魂像是叹息般灭亡,
全归乌有唯上帝存留;
而只有我全凭有这福气,
像一只老兔子守着洞口,
在醉卧之中把祂等待。"
他把酒舀子伸进桶里头,
喝完打哈欠又四仰八叉;
另一位大叫:"你想夺走
我生活中各种愉快想法
和各种给人安慰的事物,
就尝尝这个这个。"随后
他给了他一顿老拳狠揍,

---

[1] 见《快乐的镇区》一诗注。

可是还不如揍一块石头,
因为酣睡者不觉或不在乎;
然后一块块把石头堆起,
累了,祷告,咒骂,然后,
又一块一块把石头堆起,
再祷告,咒骂,咒骂,顾不上
谢上帝,就逃离梅娃和那块
捉弄人的平原,直到头上
云朵随黎明渐渐亮起。

山　墓 [1]

斟酒起舞，如果男子汉仍旺健，
采来玫瑰，如果玫瑰花还盛开；
那奔流的瀑布袅袅生烟在山边，
我们的罗西克劳斯神父 [2] 在墓里。

拉下百叶窗，取来提琴和黑管，
好让没有一双脚沉默在房间里，
也没有嘴唇不接吻，酒也不沾；
我们的罗西克劳斯神父在墓里。

徒劳，徒劳；那瀑布依然在喊；
那照亮这幽暗的烛光长明不熄；
一切智慧都关进了他石化的眼，
我们的罗西克劳斯神父在墓里。

---

[1] 此诗作于 1912 年 8 月。
[2] 罗西克劳斯神父即克里斯蒂安·罗森克劳茨（1378—？），日耳曼术士，秘术社团玫瑰十字兄弟会创始人。据说在他去世多年以后，他的尸体被发现在墓里毫无朽坏。叶芝于 1890 年加入麦克格莱戈·梅瑟斯领导的在伦敦的玫瑰十字秘术社团"金色黎明秘术修会"。

亡国之君 [1]

虽说从前,只要她一露面,群众就聚集,
连老头的眼也变朦胧,但唯有这只手,
就像个前朝遗老在一个吉卜赛营地
絮絮说亡国之君,把逝去的一切记录。

那容貌,一颗被笑声熏甜美的心,这些,
都还在,但是我记录逝去的一切。人群
还会聚拢,却不知他们走过的那条街,
从前一尤物曾在那儿走,像朵火烧云。

---

[1] 此诗写茉德·冈,作于 1912 年,在当年 12 月号芝加哥《诗刊》
上发表时曾经埃兹拉·庞德修改。

寒　天 [1]

突然我看见令乌鸦欢喜的寒冷天空,
好像被焚化的冰,却不过是更多的冰,
于是想象和心被激动得简直要发疯,
以至于关于这和那的缕缕偶思闲情
全都消失,只剩些应当随青春的热血
一起过时的、许久前恋爱受挫的记忆;
我完全糊里糊涂地承担了全部罪责,
直到我又哭喊又颤抖,来来回回摇摆,
被日光所洞穿。啊哈!当鬼魂开始再生,
死床的混乱结束时,是否它被赤裸裸
驱赶到大路之上,如书中所说,并遭逢
诸天的有失公正的打击,以作为惩戒?

---

[1] 此诗最初发表于《绿盔及其他》(1912)中,可能是写茉德·冈结婚的消息给诗人的打击。

好让夜晚来到

她[1]活在风暴和斗争中;
她的灵魂渴求
骄傲的死神所赐赠,
以至无法忍受
生活的寻常好处,
而是活得像国王——
他用各式旌旗,
各样号角和军鼓,
还有愤怒的礼炮,
挤满他的大婚日,
把时间挤到一旁,
好让夜晚来到。

---

[1] 她:茉德·冈。

一件大衣 [1]

我为我的歌缝就

一件长长的大衣,

上下缀满了来自

古老神话的刺绣;

但傻瓜把它抢走,

穿上在人前炫示,

俨然是他们造就。

歌,让他们拿走,

因为有更大魄力

才敢于赤身行走。

---

[1] 此诗作于1912年。

库勒的野天鹅(1919)

库勒的野天鹅 [1]

树木披上了美丽的秋装,
林间小径已变干,
在十月暮霭笼罩下,湖水
反映着一片静天;
涨水的湖上,乱石错落,
中间有五十九只天鹅。

自从我最初计数那时起,
十九度秋天已到来;
快要数完之前,我看见
突然全都飞起,
绕着破碎的大圈盘旋,
翅膀轰响着四散。

曾观赏那些漂亮的生灵,
我现在中心悲戚。
一切都变了,自从我初次

---

[1] 此诗作于1916年10月。库勒:格雷戈里夫人在戈尔韦郡郭特乡的庄园,包括库勒湖及沿湖的七片树林。

在这湖滨,暮色里
听见头顶上翅声如钟鸣,
而把脚步放轻。[1]

尚未厌倦,情侣双双,
在冰冷可亲的溪流
划水,或向空中飞升;
它们的心未老朽;
依旧满怀激情或征服欲,
无论漫游到何处。

可现在浮在平静的水上,
它们神秘,美丽;
有一天我醒来发现它们
已飞走时,它们会在
何处草丛筑巢,在何处
湖滨或池畔悦人目?

---

[1] 叶芝结识格雷戈里夫人后,自 1897 年开始在库勒庄园度夏,从而改变了他的生活。

一位爱尔兰飞行员预见死亡 [1]

我知道我将要遭逢厄运
在天上浓云密布的某处；
对所抗击者 [2] 我并不仇恨，
对所保卫者 [3] 我也不爱慕；
我的故乡是齐勒塔尔坦 [4]，
那里的穷人是我的同胞，
结局既不会使他们损减，
也不会使他们过得更好。
不是闻人或欢呼的群众，
或法律或义务使我参战，
是一股寂寞的狂喜冲动
长驱直入这云中的骚乱；
我回想一切，权衡一切，

---

[1] 格雷戈里夫人的独生子罗伯特·格雷戈里（1881—1918）在英国皇家空军服役，于1918年1月23日第一次世界大战期间在意大利前线阵亡。
[2] 指德国人。
[3] 指英国人。
[4] 齐勒塔尔坦：在库勒庄园附近。

未来的岁月似毫无意义，
毫无意义的是以往岁月，
二者平衡在这生死之际。

人随年岁长进 [1]

我因多梦而衰残:

风雨剥蚀的石雕海神

在泉水中间;

一整天我都在痴看

这位女士的美,

就好像在书里发现

一个画中美人儿,

因眼睛或灵敏的耳朵

得到充实而欢欣,

因只是变睿智而喜悦,

因为人随年岁长进;

可是,可是,

这是我的梦,还是真实?

呵,但愿我们相识

在我青春如火时!

---

[1] 此诗作于1916年7月19日,写伊秀尔特·冈的青春美貌对诗人的触动。

可我衰老在梦中间：
风雨剥蚀的石雕海神
在泉水中间。

一首歌

我以为无需许多,
若要延长青春;
只需哑铃和钝剑[1]
即可保身体年轻。
呵,谁又能预告
心会渐渐变老?

尽管我能说会道,
何等女人又自信
只因在她身边,
我就不再眩晕?
呵,谁又能预告
心会渐渐变老?

除了曾拥有的心,
我并未丧失情欲;
我以为它会焚毁

---

[1] 埃兹拉·庞德曾于1912—1913年间教叶芝击剑术。

卧床等死的身躯,

因为谁又能预告

心会渐渐变老?

学　究 [1]

秃头们忘记了自己的过错，
年迈、博学、可敬的秃头们，
他们编辑注释的那些诗歌
不过是爱情失意的年轻人
为奉承美人儿无知的耳朵
在床上辗转反侧时的杰作。

都在蹒跚；在墨水里咳嗽；
都在用鞋底子把地毯磨损；
都琢磨着别人琢磨的念头；
都认识邻居认识的那个人。
他们会说些什么，我的主，
假如卡图卢斯 [2] 也那样走路？

---

[1] 此诗作于 1914 年至 1915 年 4 月间。
[2] 盖尤斯·瓦勒琉斯·卡图卢斯（前 84？—前 54？）：古罗马著名诗人，以善写艳情诗著称，死时年仅三十岁。

论女人[1]

愿上帝得赞美,因创造
全放弃心智的女人;
男人在男人中找不到
她给予的那种友情:
就好像用她的骨肉
把他的一切都裹包,
不会因思想不属于
她自己就与之争吵。

尽管书呆子不承认,
但显然"圣经"示意:
所罗门在与后妃们
交谈的过程中变睿智;
据说他数得清草叶,
可是他却从来数不清

---

[1] 此诗作于 1914 年 5 月 25 日。

有示巴做情妇的时节[1]

所得到的所有赞颂；

她曾把那生铁锻炼，

它刚从炉火中抽出，

正在那冷水里打战：[2]

他们那旺盛的情欲

使他们欠伸不止；

快乐随睡眠而来；

震颤使他们合一。

愿上帝赐给我其余——

不，不在此时，

既然我渐已迟暮，

我不敢那么冒昧，

竟冀求如此尤物，

而如果传说属实，

待到月亮的杵头[3]

重新舂捣起来，

使我再生的时候——

---

[1] 所罗门和示巴：所罗门（前972—前932）：希伯来人之王，象征叶芝；示巴：阿拉伯南部（今也门地区）一古国，此处特指示巴女王玛格达，象征叶芝之妻乔芝。《圣经·旧约·列王纪上》第10章第1—13节记叙有示巴女王访问所罗门王一事。
[2] 性行为的象征。
[3] 杵：传统的生殖之象征，例如与古罗马的庇卢姆努斯神和印度的月神苏摩有关。

以获知我从前所知,
找到我从前所有,
直到我变成疯子——
睡眠被温存呵护、
牙关紧咬、绝望
怜悯、头脑痛楚
逐出我的卧床;
全都是由于某个
偶然的乖僻生物——
像所罗门那样生活:
有示巴女王领舞。

钓　者 [1]

虽然我还能看见他，
那有雀斑的男人，
穿灰暗的康呐玛拉 [2]
衣装，在黎明时分
去山上灰暗处下钓，
但距今已久，自从
我开始用心目观照
这睿智单纯之人。
我整天凝视那脸庞，
那也许是我一直
所希望描写的形象——
为我的民族和现实：
我所恨的苟活之众；
所爱的已死之人 [3]；
在其位的怯懦孬种，

---

[1] 此诗作于1914年6月4日。
[2] 康呐玛拉：爱尔兰西部戈尔韦郡一地区，贫瘠多石，民风淳朴。
[3] 可能指约翰·米灵顿·辛格（1871—1909），叶芝所欣赏和提携的后辈剧作家。

未受责罚的妄人；

赢得了醉醺醺喝彩，

从不读书的坏蛋[1]；

巧舌者和他那说给

平庸耳朵的笑谈；

像小丑一样喊口号，

自作聪明的人物；

睿智的哲人被打倒，

打倒的伟大艺术。

也许已历经十二月，

自从我突然开始，

心怀对读众的轻蔑，

想象一个人，及其

被太阳晒出斑的脸、

灰色的康呐玛拉装，

爬上一水花四溅

岩石灰暗的地方；

当钓饵落入溪流时

他手腕向下低沉；

一个不存在的男子，

---

[1] 可能指茉德·冈的丈夫约翰·麦克布莱德（1865—1916），他人常常酗酒，酒后屡次骚扰茉德·冈的妹妹和女儿。

一个只是梦的人；
并大喊："我衰老之前，
将为他写出一段
寒冷而热情的诗篇，
也许像黎明一般。"

人　民 [1]

"我因自费所做的一切，"我说，
"因那所有工作而挣得了什么？
这粗鄙不文的城市每日的怨恨！
在这里谁服务得多受毁谤就多，
他一生的名誉都会在一夕之间
丧失净尽。我本来可以生活——
你也深知那渴望曾多么强烈——
在那里，每天我的脚步本当
落在费拉拉 [2] 大墙的绿荫之中；
或在黄昏和清晨，在往昔的形象——
不被搅扰且高贵优雅的雕像——
中间，攀登乌尔比诺 [3] 的陡街
到公爵夫人 [4] 接待她的人民

---

[1] 此诗作于1915年1月10日，初题为《不死鸟》。
[2] 费拉拉：意大利费拉拉公爵厄科尔·戴斯特一世（1431—1505），艺术赞助人。
[3] 乌尔比诺：意大利乌尔比诺公爵基多巴尔多·迪·蒙特费尔绰（1472—1508）。
[4] 公爵夫人指伊丽莎白塔·贡扎伽（1471—1526），乌尔比诺公爵夫人。

之处:彻夜的高雅交谈后,他们
伫立在硕大的窗前眺望黎明;
我本可没有那样的朋友:他们
不像看烛芯在黎明变黄的这些人
能够把礼节与激情糅合为一;
我本可利用我的技艺所允许的
唯一实质的权利:选择友伴,
选择我感觉最赏心悦目的风景。"
我的不死鸟[1]以责备的口吻回答:
"那些醉鬼、公共基金的扒窃者、
所有不诚实的群众,我都赶走了,
在时运转变,他们才敢于面对我,
从暗中爬出来,挑唆那些我服务
甚至养育过的人来攻击我之时;
可现在或任何时候,我都不会
埋怨人民。"

  我能够回答的只是:
"你,不在思想而在行动中活着,
能够拥有一种自然力的纯粹性,
而我,优点即善于分析的头脑的
定义,既不能闭合心灵的眼睛,
也不能使我的舌头缄默不语。"

---

[1] 我的不死鸟:指茉德·冈。

然而,因为我的心欢迎她的话,
所以我感到羞愧;九年之后,
现在又想起,我仍羞愧地低下头。

他的不死鸟 [1]

在中国有一位王后,或者也许是在西班牙,
每逢寿诞和节庆日都能听见对她那洁白
无瑕,那无可挑剔的如玉容颜的大肆赞夸:
就好像她是那被一只鸟儿踩踏的活泼女孩 [2];
还有一大群公爵夫人,风头出众的女人们,
或者说她们曾找来一位画师,让他为酬金
把她们如此美化,以匠心巧思把瑕疵弄平:
我年轻时认识一只不死鸟,那就让她们走运。

小伙子们每夜都为他们的嘉碧 [3] 的笑眼喝彩;
露丝·圣德尼斯 [4] 更有魅力尽管时乖命苦;
从一九〇九或一〇起,帕夫洛娃 [5] 获得青睐;
当朱丽叶即将带着一个女人的全部情欲,
带着一个孩子的蛮横举止,成为新嫁娘时,

---

[1] 此诗作于 1915 年 1 月,初题为《在中国有一位王后》。不死鸟:指茉德·冈。
[2] 指勒达,见《勒达与天鹅》一诗注。
[3] 嘉碧·戴吕斯(1884—1920):法国女演员、舞蹈家。
[4] 露丝·圣德尼斯(1879—1968):美国舞蹈演员。
[5] 安娜·马特维耶夫娜·帕夫洛娃(1885—1931):俄国芭蕾舞演员。

在美国有个演员[1]拢起斗篷，飞出了房门，
还有——但此外是否还有一大群也没关系：
我年轻时认识一只不死鸟，那就让她们走运。

还有玛格瑞特、玛荞蕊、朵若茜、楠[2]等等，
过着隐居生活的一位黛芙妮和一位玛瑞；
这位有过尽量多的，那位只有过一个情人，
另一位自吹："我挑来拣去也只选中两三位。"
假如头脸和四肢长得美，脚面又高又轻盈，
她们会不顾我说的一切，任意张开帆篷，
一味去做男人之心的伤害者或快乐的引擎：
我年轻时认识一只不死鸟，那就让她们走运。

世世代代都会有那样一群，那野蛮的人群，
谁能说只有某个年轻妞会惹得男人发昏，
堪与我的美人相比——尽管我的心不承认——
却不完全相似，没有一种孩童般的单纯
和仿佛凝神注视过燃烧的太阳的骄傲目光，
以及那没有一丝一毫走样的体形和风韵。
我为那最孤寂的尤物伤心；但天意难以违抗：
我年轻时认识一只不死鸟，那就让她们走运。

---

[1] 可能指朱丽娅·马娄（1866—1950）：生于英国，长于美国，以演莎剧著称的演员。
[2] 这些都是埃兹拉·庞德的女友。庞德于1914年娶朵若茜——叶芝的朋友奥莉维娅·莎士比亚的女儿——为妻。

得自普罗佩提乌斯的一个想法 [1]

她,从头到绝美

双膝,流动的长线条

如此高贵,本可

穿过帕拉斯·雅典娜 [2]

身旁诸神的石雕

走到祭坛的主位,

或成为醉酒的人头马 [3]

称心如意的猎获。

---

[1] 塞克斯图斯·普罗佩提乌斯(约前 50—约 15):古罗马诗人。此诗是其作品第二卷(前 26)第二首诗的自由改写。
[2] 希腊神话中的智慧女神。
[3] 希腊神话中的人头马怪贪酒好色,常强抢人间美女。

深重的誓言 [1]

因为你不守那深重的誓言 [2],
别的人就成了我的朋友;
但每当我面对面审视死亡,
每当我攀上睡眠的峰巅,
或每当我纵酒发狂的时候,
突然我就遇见你的脸庞。

---

[1] 此诗作于 1915 年 10 月 17 日,赠给茉德·冈。
[2] 茉德·冈曾发誓不结婚。

致凯尔纳诺的一只松鼠 [1]

过来跟我玩;
你为何逃往
颤动树枝间,
好像我有枪
要把你打死?
我不过想要
搔搔你脑袋,
就放你走掉。

---

[1] 此诗作于 1912 年 9 月。凯尔纳诺:盖尔语,意为"坚果之林",库勒湖周围的七片树林之一。

有人求作战争诗感赋 [1]

我想在这样的时代最好
让诗人缄默,因为事实上
我们没天赋可纠正政客;
他管够了闲事,只会讨好
一个青春慵懒的小姑娘,
或一个寒冬夜里的老爹。

---

[1] 此诗作于 1915 年 2 月 6 日,原题《致一位朋友,他请求我在他的致中立国的宣言上签名》,1916 年最初发表在伊迪丝·沃顿所编《无家可归者之书》中时题为《保持缄默的理由》。

吾乃尔主 [1]

希克： 在你那风吹雨打的古塔下，浅溪岸边的灰色沙滩上，一盏灯依然燃亮在麦克尔·罗巴蒂斯留下的摊开的书本旁边；你漫步在月下，你虽然最好的年华已逝，却依然被不可征服的幻想迷住，描摹着秘法的图符。

伊勒： 　　　　　借助于一个形象，我召唤自己的对立面，召集一切我一向最少接触者，最少正视者。

希克： 我宁愿找到我自己，而不是形象。

---

[1] 此诗作于1915年10月至12月间。标题原文为拉丁文，出自意大利作家但丁·阿利盖里（1265—1321）的诗集《新生》（1292—1293）。但丁描述了一个幻景："一个君主，在竟敢凝视他的人看来面目可畏，但同时又仿佛内心欢喜，可谓奇观。他说着话，说了许多事情，其中我只能听懂很少；我所听懂的那些话里面有这么一句：吾乃尔主。"说话者的名字是拉丁文代词，"希克"意为"此、这"；"伊勒"意为"彼、那"。前者为客观，后者为主观辩护。

伊勒： 那是我们现代的希望，借那光
我们照亮了高雅、敏感的头脑
却丧失了手旧有的淡然冷静；
无论我们选凿子、鹅毛笔还是画笔，
我们都只是评论者，或只会半创造，
只有羞怯、困惑、空虚和惭愧，
而缺乏朋友的鼓励支持。

希克： 可是
基督教世界的头号想象力，
但丁·阿利盖里，完全找到了他自己，
使他那凹陷的脸面比任何面孔——
除基督的尊容外——都更清晰地显现
在人的心目中。

伊勒： 是他找到了自己，
还是使他脸颊凹陷的饥饿
乃是对那最不可及的枝头上
苹果的渴望？那鬼怪似的形象
可就是拉波和基多[1]认识的那个人？
我想，他把他的对立面塑造成

---

[1] 拉波·盖因尼（1270—1330）和基多·卡瓦尔坎提（1230—1300）：均为诗人、但丁的朋友。

一个形象，那或许曾经是一张

石刻的人面，自凿有门窗的峭壁

凝望贝都因人[1]的马毛帐顶，或在

粗糙的草莽和驼粪间半仰朝天。

他把凿子使在了最硬的石头上。

虽生活淫荡而受到甚多嘲笑，

被人嘲弄也嘲弄别人，被逐出

去爬那楼梯，吃那苦涩面包，

他却找到了不可动摇的正义，找到了

为一个男人所爱、备受赞美的女人[2]。

希克： 但确实还有人不用悲惨的战争

造就了他们的艺术：他们热爱

生活，感情冲动，寻找欢乐

且在找到时歌唱。

伊勒： 　　　　　　不，不歌唱，

因为热爱尘世者用行动效力，

变得有钱、有名且有势，即使

他们绘画或写作，那仍然是行动：

掉进橘皮酱里的苍蝇的挣扎。

---

[1] 贝都因：阿拉伯语，意为"帐篷居民"，指阿拉伯地区的游牧部民。
[2] 指贝娅特丽采·波尔提那里（1266—1290），但丁的爱人。

巧言善辩者会欺骗他的邻人，
多愁善感者则欺骗他自己；而艺术
不过是现实的一个幻景而已。
从平庸的梦想之中醒来的艺术家
除了放浪和绝望之外，还能拥有
这个世界的哪一部分？

希克： 可是，
没有谁否认济慈[1]热爱这人世；
想想他那故意做作的欢乐吧。

伊勒： 他的艺术是欢乐的，但谁知他的心？
我想起他时，就看见一个学童，
脸蛋和鼻子贴在糖果店橱窗上，
因为无疑，他沉入墓穴之中，
感官和心灵都没有得到满足，
却作出了——贫穷、病弱、无知，身为
车马看守的教养粗鄙的儿子，
被排斥在人间一切奢华之外——
奢华的歌。

希克： 你何必把灯火留在

---

[1] 约翰·济慈（1795—1821）：英国诗人。

　　　　一本摊开的书旁独自燃烧，
　　　　却在沙滩上描摹这些人物？
　　　　一种风格通过伏案辛劳
　　　　以及模仿大师就可以找到。

伊勒： 因为我寻找一形象，而非一本书。
　　　　那些在其著作中最聪明的人
　　　　除盲目、呆滞的心外什么也没有。
　　　　我召唤那神秘的一位——他必将
　　　　漫步在那溪流边潮湿的沙滩上，
　　　　与我极相像，确是我的副本；
　　　　却原来在所有可以想见的事物中
　　　　与我最不相同，是我的反自我；
　　　　并站在这些人物旁边揭示出
　　　　我所寻求的一切；低声地说着，
　　　　好像他害怕那些鸟儿——破晓前
　　　　它们大声啼叫着暂时的啼叫——
　　　　会把它衔去送给渎神的人们。

月　相[1]

　　　　　　一个老人在桥上竖起耳朵；
　　　　　　他和朋友，他们脸朝南方，
　　　　　　走过不平的道路。靴子很脏，
　　　　　　康呐玛拉布袍破得不成形状；
　　　　　　他们不停步，不顾渐亏的月亮
　　　　　　已升起，仿佛他们的卧榻仍在
　　　　　　远方。一个老人竖起耳朵。

阿赫恩：　什么声响？

罗巴蒂斯：　　　　　一只老鼠或水鸡

　　　　　跳水，或一只水獭滑进了溪水里。

---

[1] 此诗作于1918年。叶芝《麦克尔·罗巴蒂斯的双重灵视》一诗原注（1922）云："几年前我写了三个短篇小说，其中出现有麦克尔·罗巴蒂斯和欧文·阿赫恩这两个名字。现在我认为我用了两个朋友的真名，其中之一，麦克尔·罗巴蒂斯，最近刚从美索不达米亚回来，他在那里部分地找到，部分地悟出了许多哲学。我认为阿赫恩和罗巴蒂斯——我曾经给他们的同名者赋予了一种动荡的生活或死亡——一直在与我争吵。他们就位于一个幻景中，在其中我努力解释我的有关生死的哲学。在某种程度上我写作这些诗是作为一种阐释文本的。"（《叶芝诗集新编》，页595）

我们在桥上；那黑影就是那碉楼，
那点灯光证明他[1]还在读书。
他照他那类人的方式，只找到了
形象；选择了这个地方居住，
也许，是由于来自弥尔顿笔下的
柏拉图主义者[2]或雪莱幻想的王子[3]
在其中熬夜的那遥远碉楼里的烛火；
塞缪尔·帕尔默刻画的寂寞灯光[4]，
靠辛劳赢得的神秘智慧的形象；
而现在，他在书籍或手稿中寻找
他永远找不到的东西。

阿赫恩： 你尽知一切，
何不去摇响他的门铃，说出
适量的真理，就足以显示他毕生
都难以为自己找到所有充当
你日常食粮的那些真理的一块
碎屑；说完后你再重新上路？

---

[1] 他：指叶芝。
[2] 英国诗人约翰·弥尔顿（1608—1674）的长诗《沉思的人》（1632）中的主人公。
[3] 英国诗人珀西·比希·雪莱（1792—1822）的长诗《阿他那斯王子》（1817）中的主人公。
[4] 英国画家塞缪尔·帕尔默（1805—1881）为弥尔顿的《沉思的人》所作题为"孤独的塔"的铜版画插图。

罗巴蒂斯：他用那种学自佩特[1]的浮华

风格写我,且为了把故事编圆

而说我死了[2];我倒宁愿是死了。

阿赫恩：给我再唱一遍月相的变化吧;

真的歌,虽说:"原作者歌此授吾。"

罗巴蒂斯：二十又八,月之不同变相,

月望月晦及种种盈亏之相,

共计二十八,但只有二十六种

乃人必须育于其中的摇篮;

因为月望月晦时无人类生命。

从初一新月到上弦月之间,梦

只是召唤个中人去历险,其人

就像鸟兽一样永远快乐;

但是随着月亮渐臻圆满,

他遵从并非不可能的异想之中

任何最困难的异想;虽有疤痕,

但是犹如心意的九尾猫一般,

他从他身体内部翻铸的身体

益发俊美。十一相过去,然后

---

[1] 沃尔特·佩特(1839—1894):英国作家、批评家。
[2] 叶芝在短篇小说《东方三贤的礼拜》(1896)中写到了罗巴蒂斯的死。

　　　　　　雅典娜揪住阿喀琉斯的头发[1]；

　　　　　　赫克托尔在尘埃里；尼采降生[2]，

　　　　　　因为英雄的月相乃是第十二相。

　　　　　　但是，满月之前，他两度出生，

　　　　　　两度入葬，必像蠕虫般无助。

　　　　　　第十三相只是使灵魂在其自身

　　　　　　存在之中开战，那场战争

　　　　　　开始之后，手臂却无肌肉；

　　　　　　其后，在第十四相的狂乱之下，

　　　　　　灵魂开始颤巍巍步入宁静，

　　　　　　终于死在其自身的迷宫之中！

阿赫恩：　　把那歌全唱出来；唱到末尾，

　　　　　　唱那全部戒行的奇异果报。

罗巴蒂斯：　全部思想变成一个形象，

　　　　　　灵魂变成肉体：那肉体和那灵魂

　　　　　　月圆时太完美而无法躺在摇篮里，

　　　　　　太寂寞而不适人世的熙来攘往：

　　　　　　被驱逐抛弃到现实世界之外的

---

[1] 雅典娜：希腊神话中的智慧女神；阿喀琉斯：希腊传说英雄。
[2] 赫克托尔：特洛伊国王普里阿摩与王后赫卡柏之子，在特洛伊战争中被阿喀琉斯所杀。弗里德里希·尼采（1844—1900）：德国哲学家。

肉体和灵魂。

阿赫恩： 灵魂的所有梦想
都终结于俊男或美女的肉体之中。

罗巴蒂斯：你不总是知道这吗？

阿赫恩： 歌里会唱到
我们爱过的那些人从死亡和创伤，
或西奈的山顶[1]上，或从自己手中
血淋淋的鞭子，得到纤长的手指。
她们从摇篮跑到摇篮，直到最后
她们的美由于肉体和灵魂的
寂寞而陨落。

罗巴蒂斯： 恋人的心知道这。

阿赫恩： 确定无疑，她们眼中的恐怖
是对一切都沐浴着光、天空
裸露无遮的时刻的回忆或预知。

罗巴蒂斯：月圆之时，在荒山野岭之上，

---

[1] 西奈山：位于地中海与红海之间的西奈半岛上；在《圣经》中，是摩西接受十诫之地。

瑟瑟发抖跑过的乡下人会遇见
那些圆月的产物：肉体和灵魂
在其自身的陌生之中疏离，
陷入沉思观照之中，心目
凝注于从前曾是思想的形象，
因为尽善尽美且不可动摇的
形象能够打破美丽、满足、
超然的眼睛透出的那份孤寂。

此时，阿赫恩想到楼内那人、
他那不眠的烛火和辛劳的笔，
于是发出苍老、尖锐的大笑声。

罗巴蒂斯： 自那以后月亮逐渐破碎：
依然记得自身寂寞的灵魂
在许多摇篮里发抖；一切都变了。
它愿做尘世的奴仆，在它选择
并非不可能的差使之中任何
最困难的差使服役之时，它给
肉体以及灵魂之上都披上了
苦役的粗鄙。

阿赫恩： 　　　　在月相圆满之前
它寻求自己，之后则追求尘世。

罗巴蒂斯： 因为你被人遗忘，半出离生活，
又从不著书，所以你思想清晰。
改良者、商贾、政治家、博学之人、
负责任的丈夫、忠实的妻子等等轮流
出入一个个摇篮，都在逃亡，
都被毁了容，因为丑陋的畸形
无不把我们从梦中惊醒。

阿赫恩： 最后那
奴性的月相释放的那些又怎样？

罗巴蒂斯： 因为全晦暗者，犹如那些全光明者，
他们被抛到边缘外，在一团云雾中
像蝙蝠一样朝着彼此叫唤；
但由于无欲望，他们无法分辨
孰善孰恶，也不知道在自己的
臣服臻于极致时有什么可得意；
而他们道听途说，人云亦云；
形容损无可损，无形可言，
似面团烤熟前一样淡而无味，
他们说话间就会变形。

阿赫恩： 然后呢？

罗巴蒂斯： 当整个面团都如此揉好，能塑成
造化厨娘喜欢的任何形状时，
初一的细芽新月又再度轮转。

阿赫恩： 但有所遗漏；这歌还没有唱完。

罗巴蒂斯： 驼背、圣徒、傻子是最后残月。
从前能够把箭射到盛衰
盈亏之外的锃光闪亮的弓、
美之残酷和智慧之饶舌的车轮——
出自那咆哮不已的浪潮——被拖入
肉体与心灵的丑陋畸形之间。

阿赫恩： 要不是卧榻遥远，我会摇门铃，
站在楼堡门旁大厅的粗糙
屋椽下面，那里一切都十分
简朴，是个为他永远找不到的
智慧布置的地方；我要演出戏；
过了这么多年，他不会认出我，
只会把我当作喝醉了的乡下人；
我会站那儿咕哝，等他听到
"驼背、圣徒、傻子"，以及他们
在最后三种月相下出世后，我就
踉跄而出。他将日复一日

伤脑筋,却永远想不出其中含义。

于是他大笑,想到,看似困难的
竟如此简单——一只蝙蝠从榛树丛
飞起,尖锐地叫着,绕着他盘旋;
那碉楼窗户里面的灯光熄灭了。

麦克尔·罗巴蒂斯与舞者（1921）

一九一六年复活节 [1]

日暮时分我遇见他们,
一张张生动活泼的脸
来自十八世纪灰楼中
柜台或者书桌的后面。
擦肩而过时,我点点头
或说些无意义的闲话,
或者稍事盘桓说几句
礼貌而无意义的闲话,
话未说完我就想出了
一个讽刺故事或趣闻,
好去俱乐部拥火而坐
讲给一个伙伴来开心,
因为,我确信他们和我
不过像丑角一样生活:
一切都变了,彻底变了:

---

[1] 1916年4月24日,即复活节翌日,爱尔兰共和兄弟会在都柏林发动起义,宣告爱尔兰共和国成立,约七百人的爱尔兰志愿者军队占领了部分市区。至29日,起义被英军镇压,十五位领导人遇害。

一个可怕的美诞生了。

那个女人[1]的白天耗费
在无知的良好意愿里,
夜晚则与人辩论争执
直到她嗓音变得尖厉。
当年她曾年轻又美丽,
在她骑马打猎的时光,
那甜美嗓音谁能相比?
这个男人[2]曾开办学堂,
而且也骑我们的飞马[3];
这另一位[4]是他的友人,
将与他联合帮他谋划;
他的天性如此地锐敏,
他的思想大胆又清新,
最终他也许赢得名气。

---

[1] 指康斯坦丝·郭尔-布斯(1868—1927),她出身名门,1900年嫁给波兰伯爵卡西米尔·约瑟夫·杜宁-马尔凯维奇(1874—1932),起义期间任爱尔兰共和兄弟会志愿军军官。叶芝认为她的热衷政治是美的丧失。
[2] 指帕垂克·皮尔斯(1879—1916),律师兼诗人,都柏林郡圣恩达学校创建者,曾任共和兄弟会主席,起义失败后遇害。
[3] 希腊神话中的飞马珀伽索斯蹄踏之处有泉水涌出,诗人从中获取灵感。
[4] 指托马斯·麦克多纳(1878—1916),诗人兼评论家,都柏林大学学院教授,起义失败后遇害。

我所想到的这另一人[1]

是个虚荣粗鄙的醉鬼。

他曾经对我贴心人儿[2]

做过极端刻薄的事情,

我在歌里仍把他提起;

他也辞去了在那即兴

喜剧中所扮演的角色;

在轮到他时也改变了,

已经彻底地改弦易辙:

一个可怕的美诞生了。

众多心只有一个目的,

经过盛夏和严冬好像

中了魔法被变成顽石,

要把活泼的溪流阻挡。

路上奔驰而来的马匹、

骑马人、滚滚层云之间

往来穿梭翻飞的鸟儿,

每分每秒钟都在改变;

溪水上倒映云影一片

也在改变,每分每秒钟;

---

[1] 指约翰·麦克布莱德(1878—1916),起义军军官,茉德·冈的与之分居了的丈夫,起义失败后遇害。
[2] 指茉德·冈。

一只马蹄打滑在水边,
一匹马泼剌落在水中;
长腿水鸡下潜而隐没,
雌鸡把雄鸡声声呼唤;
每分每秒钟它们活着:
那顽石在这一切中间。

一场牺牲坚持得太久
能够把心灵变成顽石。
啊,到什么时候才算够?
那是天命;我们分内事
是低唤一个一个名姓,
像母亲呼唤她的孩子,
当睡意终于降临已经
跑野了的肢体之上时。
不是夜色那又是什么?
不不,不是黑夜而是死;
毕竟那死是不是值得?
因为英国可能守信义,
对于所做所说的一切 [1]。
我们知道他们的梦寐;

---

[1] 英国国会下院于 1913 年通过了爱尔兰自治法案,1914 年获国王批准,但由于第一次世界大战爆发而暂缓实施,又由于这次起义,遂有人谣传英国政府打算撤销该法案。

知道他们梦过,已死了,
足矣;而如果过度的爱
迷惑他们至死又如何?
我把一切用诗写出来——
麦克多纳、麦克布莱德、
康诺利[1]和皮尔斯之辈,
无论是现在还是将来,
只要有地方穿戴绿色[2],
他们都会变,变得彻底:
一个可怕的美诞生了。

1916年9月25日

---

[1] 詹姆斯·康诺利(1870—1916):爱尔兰工会领袖,国民军创建者和总司令,起义失败后遇害。
[2] 绿色是爱尔兰的国色。与1798年起义有关的歌曲就有《穿戴绿色》《我的披风上的绿色》等。

关于一名政治犯 [1]

她从小不大有耐心,
如今,竟使一灰鸥
丢掉了恐惧,飞进
她那间囚室内栖止,
在那里接受她爱抚,
从她的指尖上啄食。

抚摸着那孤独翅膀,
她可忆往昔的岁月,
在心灵变毒苦抽象,
思想变敌忾同仇前:
盲人与盲人引导者
躺在臭水沟痛饮前?

多年前我见她骑马,
布尔本山下去会猎,

---

[1] 此诗作于1919年1月10—29日。"政治犯"指康斯坦丝·郭尔-布斯·马尔凯维奇伯爵夫人(1868—1927)。1916年复活节起义失败后,她被英军逮捕,关押在伦敦霍洛威女监。

乡野的美人引得那
青年寂寞的心狂跳,
她已出落得颇皎洁
像栖岩凌波的鸥鸟:

初次从高高山岩上
窠巢中一跃而出发,
把云遮的天幕凝望,
凌波,或悬停半空;
风暴击打的胸脯下,
大海的波谷吼汹汹。

将近破晓 [1]

那可是我的梦的翻版：
睡在身边的女人所梦；
或在初现的清晖下面
我们分做过同一场梦？

我想："那里有一条瀑布 [2]
挂在布尔本山崖边上，
小时我一直把它爱慕；
纵使我云游又远又广，
找不到那样可爱之物。"
我的记忆已经成倍地
放大童年时代的快乐。

孩童似的我本想触摸，

---

[1] 此诗记叶芝与其妻在1919年1月的同一天夜里所做的梦。叶芝认为如果两人或多人存想同一意念，其所见幻景或梦境就会彼此互补。
[2] 指落自布尔本山流入格仑卡湖中的名为"倚山之溪"的瀑布；象征女性。

但心知手指只会触及
寒石冷水。我发起疯魔,
竟至对老天发出谴责,
因为它定下如此律戒:
我们过于喜爱的东西
都是可望而又不可即。

我一直梦到将近破晓,
鼻息中喷出冰冷气雾。
而她在我身边睡着觉,
曾在更为痛苦的梦中
观看亚瑟[1]神奇的牡鹿,
高大洁白的牡鹿,奔腾,
在山崖峭壁之间纵横。

---

[1] 亚瑟是传说中五六世纪间英国的一位国王。在关于他的传奇中有猎鹿、射鹿和白鹿引导骑士冒险的情节。白鹿在此处象征男性。

再度降临 [1]

盘旋盘旋在渐宽的螺旋中 [2],

猎鹰听不见驯鹰人的呼声 [3];

万物崩散;中心难维系;

世界上散布着一派狼藉,

血污的潮水到处泛滥 [4],

把纯真礼仪淹没吞噬;

优秀的人们缺乏信念,

卑劣之徒却狂嚣一时。

---

[1] 《圣经·新约·马太福音》第 24 章第 31—46 节载耶稣预言他将再度降临人间,主持末日审判,开创新纪元。《圣经·新约·约翰一书》第 2 章第 18 节载约翰预见到昭示天启之兽或"敌基督"将在世界末日之前到来,毁灭旧世纪。叶芝把二者糅合起来,结合新柏拉图主义的历史循环说,预言已历近两千年的基督教文明将在剧烈的暴力冲击下终结,随之将开始一种新的文明,因为他认为人类文明两千年一循环。此诗写于 1919 年 1 月,也反映了叶芝对第一次世界大战和爱尔兰的"黑褐战争"的态度。诗中的"再度降临"是虚写,实写的是基督再度降临前的破坏之神的降临。
[2] 螺旋:叶芝用两个交相渗透的旋转的锥体图形来说明造成人类历史循环的主客观因素的相互作用。一个文明从其中一个锥体的尖端开始,呈螺旋形旋转到底部而"崩散"结束,然后又从另一锥体的尖端开始反向旋转,开始另一文明的循环。
[3] 猎鹰象征人性;驯鹰人象征人类。或说猎鹰象征人类和现在文明;驯鹰人象征耶稣基督。
[4] 暴力之象。有感于俄国革命和爱尔兰内战或第一次世界大战。

确乎有某种启示近在眼前;

确乎再度降临近在眼前。

"再度降临"!这几字尚未出口,

一巨大形象出自"世界灵魂",[1]

闯入我的眼界:在大漠尘沙里,

一个长着狮身人面的形体,

目光好似太阳般茫然而冷酷,

挪动着迟钝的大腿;它周围处处

旋舞着愤怒的沙漠野禽的阴影。

黑暗重新降临[2];但如今我知道

那两千年之久僵卧如石的沉睡

已被一只摇篮[3]搅扰成噩梦;

何等恶兽——其时辰终于来到——

正懒懒走向伯利恒[4]去投胎降生?

---

[1] "世界灵魂":叶芝解释为"一个不再属于任何个人或鬼魂的形象仓库";亦称"大记忆";亦即柏拉图所谓"生命之源",或类似于荣格所谓"集体无意识"。
[2] 又一次文明的循环即将结束。
[3] 耶稣之摇篮。暗示基督教自诞生伊始就为自己准备了敌对者。
[4] 伯利恒:耶稣降生之地。"敌基督"亦来此投生,更添恐怖气氛和讽刺意味。

为女儿的祈祷 [1]

风暴再一次咆哮;半掩
在这摇篮罩和被子下面,
我的孩子还在睡。除去
格雷戈里的树林 [2] 和荒丘,
再没有任何屏障可阻挡
起自大西洋的掀屋大风;
我踱步祈祷已一个时辰,
因为我心中那巨大忧伤。

为幼女我踱步祈祷一时辰,
耳听海风呼啸在碉楼顶,
桥拱之下,泛滥的溪水上,
在溪边的榆树林中回荡;
在兴奋的幻想之中想见:
未来的岁月已经来到,
正踩着狂乱的鼓点舞蹈——
大海那杀人的天真鼓点。

---

[1] 安·巴特勒·叶芝生于1919年2月26日。
[2] 此诗作于巴利里碉楼,位于格雷戈里夫人的库勒庄园附近。

祝愿她天生美丽，但不至
美得使陌生人眼光痴迷，
或自己在镜前得意，因为
这种人由于过分地艳丽，
就把美看作完满的结局，
而丧失天性的和善，不能
推心置腹，择善而从，
永远也找不到一个伴侣。

海伦注定觉生活平淡，
后来因蠢汉惹来麻烦，[1]
而那从浪花中升起的女神，
因没有生父可自主婚姻，
却选中瘸腿铁匠作男人。[2]
无疑，娇贵的女人喜欢
吃肉时狂吃生菜冷盘，
丰饶角[3]因此被糟蹋罄尽。

---

[1] 希腊斯巴达王后海伦因与特洛伊王子帕里斯私奔而引起十年特洛伊战争。
[2] 希腊神话中的爱与美及繁殖女神阿芙洛狄忒诞生于海浪之中，嫁给瘸腿的火和锻冶之神赫菲斯托斯为妻。
[3] 据希腊神话，母山羊阿玛尔忒亚曾哺育主神宙斯，其双角充溢着琼浆仙酿。后一角脱落，充满果实，宙斯将之送给女神们，即为丰饶角，为富饶之象征。

我要让她首先学礼节；
心不是天赐，而是由那些
并不十分美丽者所挣得；
而许多曾为美扮演小丑者
已经将魅力变成了智慧；
还有不少曾流浪的穷汉，
爱过并自以为曾被爱恋，
如今却痴迷和蔼的仪态。[1]

祝愿她长成茂密的树荫，
她全部思绪可以像鸣禽，
没有劳形的事务，只是
四处播送着洪亮的鸣啼，
只是在欢乐中相互嘻逐，
只是在欢乐中你吵我争。
愿她啊像月桂那样长青，
植根在可爱的永恒之处。

由于我爱过的那些心地，
以及我赞赏的那种美丽
如昙花一现，我心已枯竭，
但知道若为仇恨所噎塞，

---

[1] 指叶芝自己及其恋爱和婚姻。

那才是最为可怕的祸灾。
如果心胸中毫无仇恨,
厉风的袭击再烈再猛,
也不能将鸣禽从树荫扯开。

理性的仇恨为害最甚,
就教她把观点视为可憎。
难道我不曾目睹那生自
丰饶角之口的绝色女子,[1]
只因她固执己见的心肠,
就用那只角和种种美德——
生性安静的人们都认可——
换了只充满怒气的老风箱?

一想到,一切仇恨被驱尽,
灵魂就恢复根本的天真,
终于得知它自娱自乐,
自慰自安,自惊自吓,
它自己的美好愿望即天意;
尽管每张面孔都会恼,
每处风源都会啸,或每套
风箱都会爆,她也会欢喜。

---

[1] 指阿芙洛狄忒,亦影射海伦和茉德·冈。她们都选错了男人。

还愿她新郎引她入宅第，
一切依习俗，典礼如仪；
因为傲慢和仇恨都不过
是沿街叫卖的日用杂货。
若非在习俗和仪礼之中，
纯真和美好又如何诞生？
仪礼是丰饶角的一个名称，
习俗是繁茂的月桂树之名。

1919年6月

战时冥想 [1]

在被风吹折的老树荫中
静坐在那古老的青石上之时,
由于脉搏的猛一下跳动,
我悟知太一 [2] 是活生生的存在,
人类则是无生命的幻影。

---

[1] 此诗作于 1914 年 11 月 9 日。
[2] 太一:古罗马哲学家、新柏拉图主义鼻祖普罗提诺(204—270)所谓的最高理念。他认为从"太一"流出"理性",从"理性"流出"灵魂",从"灵魂"流出"物质"。

碉楼（1928）

向拜占庭航行 [1]

一

那不是适宜老人的国度 [2]。互相
拥抱的青年人、林间种种鸟类——
那些必死的生物——各自在歌唱;
鲑鱼的瀑布、鲭鱼麇集的海水 [3]、
水族、走兽、飞禽,长夏里都颂扬
受胎、出生、死亡的一切存在。
沉湎于那感性音乐,全都忽视
不老的智力造就的座座丰碑。

二

年老之人不过是可怜的东西,
一根竿子撑着的破烂衣裳,
除非穿着凡胎的灵魂为每位

---

[1] 拜占庭是小亚细亚古城,经罗马皇帝君士坦丁一世(287?—337)重建,名为君士坦丁堡;公元六世纪时为东罗马帝国首都,东西方文化在此交汇,繁荣一时;叶芝视之为理想的文化圣地,艺术永恒之象征;即现今土耳其之伊斯坦布尔。
[2] 指爱尔兰及自然物质世界。
[3] 繁殖之象征。

破衣裳都拍手歌唱,愈唱愈响;
所有歌咏学校也无不研习
独具自家辉煌的丰碑乐章;
因此我扬帆出海驾舟航行,
来到这神圣的都城拜占庭。

三

呵,伫立在上帝的圣火之中
如立在金镶壁画之中的圣人[1],
请走出圣火,循螺旋蜿蜒而行,
来做我灵魂学习歌唱的师尊。
请耗尽我的心;它欲重成病,
系缚于一具垂死的动物肉身[2],
已经迷失了本性;请把我收入
那永恒不朽的艺术作品中去。

四

一旦超脱凡尘,我将不再用
任何天然物做我的身体躯壳,
而要那形体,一如古希腊匠工
运用贴金和鎏金方法所制作,

---

[1] 据叶芝记忆,意大利拉文那的圣阿波里奈教堂墙壁上有描绘圣徒受火煎烤的拜占庭风格镶嵌画。
[2] 指人的肉体,灵魂暂时受难的牢狱。

为了使瞌睡的皇帝保持清醒;
或者置身于一根金枝上唱歌 [1],
把过去、现在或者未来的事情
唱给拜占庭城里的公侯贵妇听。

1927 年

---

[1] 叶芝原注:"我曾在某处读到,在拜占庭的皇宫里,有一棵用金银制作的树和人造的会唱歌的鸟。"(《新编叶芝诗集》,页 595)叶芝认为物质转瞬即逝,只有精神和艺术才永恒不朽。

内战期间的沉思 [1]

一、祖传的宅第

在一位富人开花的草地中间,

在他植树的山丘的飒飒声里,

必生意盎然,没有野心的痛感;

生命的雨水降落,到盆地满溢;

山越是高峻,雨水就下得越欢,

---

[1] 英—爱条约于 1921 年 12 月 6 日在伦敦签订,1922 年 1 月 7 日在爱尔兰议会通过,但爱尔兰共和派拒不接受该条约,于是爆发了 1922—1923 年共和派与爱尔兰自由邦政府之间的内战。叶芝原注(1928):"这些诗作于巴利里碉楼,1922 年内战期间。在写完之前,共和派在一天半夜炸毁了我们的'古桥'。他们禁止我们离开屋子,除此之外却颇有礼貌,甚至最后还说'晚安,谢谢',好像是我们把桥送给了他们。

"第六首诗题为《我窗边的燕雀巢》。在爱尔兰西部我们把欧椋鸟叫作燕雀;内战期间有一只在我卧室的窗户旁的石洞中筑巢。

"在第七首诗的第二节有'向杀害雅克·莫雷的凶手讨还血债'句。由于圣殿骑士团团长被害而要求复仇的呼声在我看来似乎是那些出于仇恨而辛劳者乃至各种各样的无功徒劳的恰当象征。据说这曾被用于十八世纪某些共济会社团的仪式中,以培养阶级仇恨。

"我想我必须把鹰放入第四节,因为我有一枚戒指,上面有一只鹰和一只蝴蝶,象征逻辑乃至机械论的直路和直觉的曲路:'因为智慧是一只蝴蝶而不是一只阴鸷的猛禽'。"(《新版叶芝诗集》,页 596—597)

好像要随心所欲地选择形体,
而决不听从别人的摆布,降级
俯就一个机械或奴性的形体。

只不过是梦,只不过是梦!但假如
荷马未发现超乎梦幻的真确——
生命的自娱之中迸发出丰足
晶莹的喷泉——他就不会唱;虽说
现在从那些富有的溪流暗处
而非一股清泉中甩出的一个
美妙的空贝壳俨然成了荫覆
富有者世袭荣耀的象征之物。

某个暴烈而痛苦、有权势之人
召来建筑师、艺术家,他们可以,
痛苦而暴烈之人,用石头筑成
人人都日思夜想渴求的甜蜜,
那里谁也不曾体味过的温文;
可主人入葬后,老鼠便可嬉戏;
也许那宅中曾孙——虽拥有全部
青铜和大理石——不过是只老鼠。

假如有孔雀以纤巧脚爪漫步
在其中古老台地的座座花园,

或是一尊陶瓮上的朱诺[1]展露
在冷漠园林众神面前的风范；
假如平坦的草坪和铺石甬路——
在其中穿着拖鞋的"沉思"发现
安逸，"童年"为感官找到了快乐——
以我们的暴烈夺去伟大如何？

假如饰有纹章的门扉的光荣，
更加高贵的时代设计的厅堂，
在宽敞内室和排排陈列我们
祖先的著名肖像的长长走廊
磨光的地板之上的往来走动；
假如人类的精英认为最应当
夸赞或祝福的那些事物不过
以我们的痛苦夺去伟大如何？

二、我的住宅

一座古桥，一座更古的塔，
一座还有院墙围护的农屋，
一亩多石的平地——
在那里象征的玫瑰可以开花，
无数的老荆棘，芜杂的老榆树，

---

[1] 朱诺：罗马神话中的天后兼妇女保护神。

落雨的声音或是
八面吹来的风声；
踩着高跷的水鸡
再次渡过溪流时
被一群母牛泼剌剌溅水声所惊。

一架旋梯，一间有石拱顶的卧室，
一个炉膛开敞的玄武石壁炉，
一支蜡烛和稿纸，
《沉思者》[1]中的柏拉图主义者曾在
某个类似房间里辛劳，勾画出
魔鬼般狂热竟是
如何想象一切。
来自市场和集镇
连夜赶路的人们
看见过他那夜半的烛光闪烁。

两个人找到了这里。一个军曹
捡了二十匹马，在这动乱的地方
过起了他的生活；
久历战事和突然的夜间警报，

---

[1]《沉思者》：又译《沉思的人》，英国诗人约翰·弥尔顿（1608—1674）的一首长诗。

他的渐少的马匹和他自己好像

失忆和被遗忘的海难者；

而我，愿在我身后，

我肉体的继嗣会找出

合适的对立象征物，

可以使一个孤独的心灵欢愉。

三、我的桌子

两个沉重支架，一张板，

佐藤的礼物，不变的剑[1]，

躺在纸笔一侧，

以便可以警诫

我的日子免于虚抛。

一幅织锦和服衣料

包裹着木制剑鞘。

乔叟[2]尚未呱呱叫，

剑已铸就。在佐藤之家，

像一弯新月，月样光华，

一躺就是五百年。

可假如无变化出现，

---

[1] 日本外交官佐藤纯造（1897—？）于1920年3月赠给叶芝一柄家传的宝剑。
[2] 杰奥弗瑞·乔叟（1340—1400）：英国诗人，有"英国文学之父"之称。

就没有月亮；唯有痛的心

才会构想出不变的艺术品。

我们的博学者提议：

在剑铸就的时和地，

一种奇妙的技艺成就，

在绘画或制陶行业里头，

父子代代相传，

历经好几百年，

像这剑一样不曾变更。

因灵魂的美最受爱敬，

人们及事业都采用

灵魂那不变的形容；

因为最为富有的继承者

知道喜爱低级艺术者

无法通过天国门；

他拥有一颗痛的心，

具有令人醒悟的才智，

尽管举国都在谈论丝衣

和高贵步态；似乎

朱诺的孔雀啼叫了[1]。

---

[1] 朱诺是罗马神话中的天后；其孔雀象征长生不老。叶芝以其啼叫象征一个文明的终结。

四、我的后裔

既然从我的老祖先那里继承
健旺的精神,我必须怀抱梦想,
在身后留下精神也属于同等
健旺的一女和一男[1],但是好像
生命极少能抛洒芬芳在风中,
极少能增添荣耀给清晨阳光,
只有残破的花瓣在园地散落,
在那之后只剩下寻常的绿色。

若我的后裔因灵魂自然衰落,
因过度忙于事务把光阴消耗,
因过度沉湎于嬉戏,或与蠢货
结婚而丧失花朵,那可怎么好?
愿这费力的楼梯、粗陋的楼阁
变成无顶的废墟,也好让夜枭
可以在破裂的石缝之中造窝,
朝寂寞天空啼叫出它的寂寞。

那将我们塑造成形的原动天[2]

---

[1] 指女儿安·叶芝(1919—2001)和儿子麦克尔·叶芝(1921—2007)。
[2] 原动天:古埃及天文学家托勒密天动说中的最外层即第十层天,带动所有天体转动。

已经使夜枭开始了盘旋遨游;
而我呢,自认为已经富足至极,
眼见得爱情和友情已经足够,
为了邻人[1]的友情选择这房子,
为了少女[2]的爱情而加以装修,
并且知道无论有什么兴和衰,
石头都将留作她们和我的碑。

五、我门前的道路

一个乐呵呵的民兵战士[3],
一个福斯塔夫[4]式的壮汉,
来大讲关于内战的趣事,
就好像死在枪口下乃是
天下最好看的戏剧表演。

一位黝黑的中尉和部下[5],
一半儿穿着国军的制服,
站在我的门前;我咒骂
恶劣的天气,雹雨交加,

---

[1] 指格雷戈里夫人。
[2] 指叶芝之妻乔芝·叶芝。
[3] 指爱尔兰共和军士兵。
[4] 威廉·莎士比亚笔下的喜剧人物。
[5] 指爱尔兰自由邦政府军士兵。

一棵被暴风吹断的梨树。

我数那些羽绒的煤烟球[1]
在溪水之上跟着母水鸡,
以平息思绪之中的羡妒;
然后转向我的屋,陷入
一场梦境的冰天雪地里。

六、我窗边的燕雀巢

蜜蜂在松动的石壁缝中
筑居营巢,而就在那里,
母鸟常衔去蠕虫和飞虫。
我的墙壁松动了;蜜蜂,
来,筑居在燕雀的空房里。

我们被关起来,不能肯定
门锁何时会打开;在某地,
一个人被杀,一所房遭焚,
但没有事实可以说得清:
来,筑居在燕雀的空房里。

石头或木头垒起的障碍;

---

[1] 指黑水鸡的幼雏。

内战已经过大约十四日;
昨夜里他们用推车运载
血泊中年轻士兵的遗骸:
来,筑居在燕雀的空房里。

我们用幻想曾喂养心灵,
心灵变野蛮,皆因这伙食;
我们的敌意比爱意之中
有更多的实质;呵,蜜蜂,
来,筑居在燕雀的空房里。

七、我看见仇恨、内心充实及未来空虚的幻影

我登上碉楼之顶,凭倚破裂的石头;
一团风吹雪似的薄雾正掠过一切,
一片月光之下,山谷、河流、榆树;
月亮不像自己,倒像是不可改变者,
一柄来自东方的铮亮宝剑。一阵风
挟着那些朦胧的白雾的残片扫过。
阵阵狂热迷惑着,梦想搅乱着心境;
熟悉的魔怪形象游向心灵的眼窝。

"向杀人凶手讨还血债,"呐喊声高耸,

"为雅克·莫雷[1]报仇。"身裹白布或白纱,
为愤怒所驱使、折磨、吃不饱愤怒的群众——
群众攻击群众,咬啮着手臂或脸颊——
扑向虚无,手臂和手指大大地伸展,
为了拥抱虚无;而我,心智因那些
无理性的骚乱而迷失,几乎也要高喊
为雅克·莫雷报仇,让凶手以血还血。

她们的腿脚修长而纤巧,眼睛碧蓝,
一匹匹神奇的独角兽背上驮着贵妇。[2]
贵妇闭着沉思的双眼。没什么预言——
即便被回想记起,出自巴比伦历书——
曾使贵妇合眼,她们的头脑不过是
一个水潭,其中渴望也溺死于过度;
当内心充满它们自身的甜蜜,肉体
充满自身的美丽时,只有平静能长驻。

云般素白的独角兽、海样碧蓝的眼波、
颤动的半阖眼帘、白云或白纱的破碎,
或因愤怒而发亮的眼睛、变瘦的臂膊,

---

[1] 雅克·德·莫雷(生于1244年)于1307年被捕,1314年3月被烧死。
[2] 此处描写是根据法国画家居斯塔夫·莫罗(1826—1893)的油画《贵妇与独角兽》所绘景象。巴利里碉楼中挂有一幅该画的复制品。

请让位给一个冷漠超然的群体，让位给
铜铸的鹰隼。没有自我娱乐的幻想，
没有对来者的仇恨，没有对逝者的惋惜，
只有利爪的紧攫、目光的得意扬扬、
无数铿锵作响扑灭了月光的羽翼。

我转身返回关上屋门，在楼梯上诧异：
多少回我本来可以在别人全都能懂
或共有的某种事物中证明我的价值；
可是啊！奢望的心，假如如此证明
招致了一群朋友、一个安逸的良知，
那只会令我们更加憔悴。抽象的乐趣，
半懂不懂的魔幻形象所蕴含的智慧，
令渐老之人满足，如从前令少年满足。

1922年

轮[1]

在整个冬季里我们盼春季,
在整个春天里又盼望夏天,
当繁茂的树篱摇响风铃时
又宣称其中最好的是冬天;
那以后不再有什么好季节,
只因为春之季还没有来临——
却不知那搅扰我们血气者
不过是血气对墓地的憧憬。

---

[1] 此诗作于 1921 年 9 月 13 日。

青年与老年 [1]

年轻时被尘世压抑,
我曾经怒气冲天,
可如今它满口谄媚,
祝过客一路平安。

---

[1] 此诗作于 1924 年。

勒达与天鹅 [1]

突然一下猛击:那巨翼仍拍动
在踉跄的少女头顶,黝黑蹼掌
摸着她大腿,硬喙叼着她背颈,
他把她无助的胸脯贴在他胸上。

她惊恐不定的手指如何能推拒
渐渐松开的大腿上荣耀的羽绒?
被置于那白色灯芯草丛的弱躯
怎能不感触那陌生心房的跳动?

腰股间一阵震动就造成在那里
城墙遭破坏,屋顶和碉楼烧燃,
阿伽门农惨死 [2]。

---

[1] 据希腊神话,斯巴达王廷达瑞俄斯之后勒达被变化成天鹅的主神宙斯强奸而生海伦(性爱的象征)、克吕泰涅斯特拉(阿伽门农之妻)和狄俄斯库里兄弟(战争的象征)。叶芝认为这预示旧的文明(上古时代)行将终结,新的文明(荷马时代)即将到来,而变化的根源即在于性爱和战争。

[2] 海伦与帕里斯的私奔导致特洛伊战争和特洛伊城邦的毁灭;希腊联军统帅阿伽门农(权力和尊严的象征)在得胜归国后被其妻克吕泰涅斯特拉伙同奸夫谋杀。

　　　　就如此遭劫持,
如此任空中那野蛮的生灵宰制,
趁那冷漠的巨喙能把她丢下前,
她可借他的力吸取了他的知识?

1923年

题埃德蒙·杜拉克作
黑色人头马怪图 [1]

你的蹄子曾踩踏在黑暗的树林边缘,
甚至可怕的绿鹦鹉啼叫摇晃的地方。
拙作全都被踩踏入湿热的污泥里面。
我早知那恶作剧,认为那是恶事一桩。
保健的太阳催熟的东西是保健食品,
仅此而已;可我,由于某绿色的羽翩,
被逼得半疯,曾在疯狂的茫茫夜暗中
收取古老的木乃伊小麦 [2],一粒粒研磨,
然后在一个炉灶里慢慢烘烤;而如今
我从在七个以弗所醉汉酣睡的地方
发现的酒桶中取出醇香的美酒:他们

---

[1] 此诗作于1920年9月,原题《观黑色人头马怪图有感》。埃德蒙·杜拉克(1882—1953):英国画家,叶芝之友。
[2] 据说是一种用在埃及底比斯古墓中木乃伊棺里发现的麦种培育出来的小麦,在英国有种植。见《关于古埃及人的传说》(伦敦,1854年)。叶芝以此暗示隐秘的智慧在播种以后数千百年方能成熟。

睡得真沉,不知亚历山大帝国何时亡[1]。
伸展开你的四肢,睡一个畅快的长觉;
不管怎么说,我爱你曾胜过我的灵魂,
而且没有谁如此适合于去守望,放哨,
不倦地监视着那些可怕的绿色鸣禽。

---

[1] 基督教传说,在罗马皇帝狄修斯(201—251)迫害基督徒时期,七个殉道者被封闭在小亚细亚古城以弗所附近的一个山洞里。两百年后他们醒来,被带到提奥多修斯二世(401—450)面前,他们的故事坚定了他动摇的信仰。马其顿国王亚历山大大帝(前356—前323)于公元前334年攻占以弗所;他的帝国在他死后不久即解体。

在学童中间 [1]

一

我边问边从长长的教室走过;
戴白帽的和蔼老修女作答解释;
孩子们学习算术,学习唱歌,
学读语文课本和历史故事,
学习剪裁和缝纫,一切都整洁,
按最佳现代方式——孩子们一时
带着好奇的神情,凝眸注目
一个六十岁含笑的公众人物。

二

我梦想一个勒达似的身体,低俯于
渐熄的炉火上,她讲的一个故事,
说的是一次严厉的责备,或区区
琐事把童年的某一天变成了悲剧——
讲过后,我们俩天性仿佛出于

---

[1] 叶芝于 1926 年 2 月以国会参议员身份参观沃特佛镇的圣奥特兰小学后作。

青年的同情而混合成一个球体,
或者说——把柏拉图的寓言[1]略加修改——
成了同一蛋壳里的蛋黄和蛋白。

三

心想着那时的一阵悲伤或怒气,
我在此把这孩子瞅瞅,那孩子看看,
不知她这么大是否也这样站立——
因为天鹅的女儿也可能遗传
所有的涉禽共有的某种东西——
也有这样颜色的脸蛋或发辫,
想到此,我的心简直像发了疯癫:
她仿佛活生生的孩子站在我面前。

四

她现在的形象浮现在我的脑海中——
是十五世纪大师[2]的手指所造作?
双颊凹陷,就好像它靠喝风
吃大堆杂乱的影子当饮食过活。

---

[1] 柏拉图在《会饮篇》中记,希腊剧作家阿里斯托芬(约前448—前380)论辩说,原始之人是双性的,类似一球体,后被宙斯一分为二,就像用头发切开煮熟的鸡蛋一般。性爱则被视为寻求自身重新合一。
[2] 此诗初版指列奥纳多·达·芬奇(1452—1519)。

而我，尽管绝非勒达的遗种，
却也有过漂亮的羽毛——够了，
不如对所有微笑者微笑，显示
有一种老稻草人日子过得还舒适。

五

年轻的母亲——她膝上一个形体
被那"生殖之蜜"[1]所出卖捉弄，
必将睡眠、哭闹、挣扎着要逃离，
一如回忆或那药物所决定——
会怎样看她儿子？若她把那形体——
它头上已有六十或更多个寒冬——
只当作生他时剧痛的一份补偿，
或为他前程担忧的一份补偿。

六

柏拉图[2]认为自然界不过是嬉戏
在精神万物变化图上的泡沫；

---

[1] 叶芝原注："我从波菲利关于'山林女仙的洞府'的文章中取用了'生殖之蜜'，但是在波菲利那里没有找到视之为破坏对出生前自由之'回忆'的'药物'的根据。……"（《叶芝诗集新编》，页597）波菲利（约233—305）：新柏拉图主义哲学家。他在《关于山林女仙的洞府》一文中解释说蜂蜜"恰当地象征了降入迷人的生殖领域的快乐和愉悦"。

[2] 柏拉图（前427—前347）：古希腊哲学家。

更壮的亚里士多德[1]舞弄着鞭子

在一位王中王屁股上薄施惩戒；

举世闻名的金股毕达哥拉斯[2]

在琴弓或琴弦之上运指弹拨

星星所唱、无心的缪斯听过的乐章：

用以吓鸟的旧竿子上的旧衣裳。

七

修女和母亲们全都崇拜偶像，

但那些被烛光照亮的尊容不似

那些撩惹母亲幻想的形象，

只会让大理石或青铜保持静止。

可它们也令人心碎——种种造像，

呵，为热情、虔诚或爱慕所熟知，

并且象征一切天国荣耀者——

呵，自生的人类事业的嘲笑者；

八

肉体不为取悦灵魂而损伤，

美不是生于自身的绝望断念，

---

[1] 亚里士多德（前384—前322）：古希腊哲学家，曾任亚历山大大帝的私人教师。
[2] 毕达哥拉斯（约前580—约前500）：古希腊哲学家，音程的数理基础的发现者。

花眼的智慧不出自夜半灯光,
劳动就会开花或起舞蹁跹。
呵,栗树,根壮而繁花兴旺,
你究竟是叶子、花朵还是枝干?
呵,身随乐摆,眼光照人,
我们怎能将舞者和舞蹈区分?

三座纪念雕像 [1]

他们公开集会,在我们
最有名的爱国者伫立的地方,
一个高耸在飞鸟当中,
两个较矮些矗立在两旁;
所有知名的政治家都说
廉洁建立起国家政权,
然后防止它腐败堕落;
都告诫我们要坚持这点,
勿理睬一切卑鄙的野心,
因才智会使我们骄傲,
骄傲则把不廉洁引进:
那三个老流氓哈哈大笑。

---

[1] 此诗作于1925年6月11日爱尔兰参议院就离婚法案辩论之前。都柏林市欧康奈尔大街上有英国海军大将霍瑞修·耐尔森(1758—1805)、爱尔兰政治领袖丹尼尔·欧康奈尔(1775—1847)和查尔斯·斯图亚特·帕内尔(1846—1891)雕像纪念碑。三者私生活均欠检点。

旋梯及其他（1933）

纪念伊娃·郭尔-布斯和
康·马尔凯维奇 [1]

一

利萨代尔 [2],傍晚的灯光,

朝向南方的硕大窗户,

两个穿丝袍的少女,都

很美,一个好像羚羊。

可是一个肃杀的秋天

把鲜花从夏日的花环上剪除;

年长者遭了死刑的判处,

遇赦后,挨过寂寞的长年,

在愚氓中间从事着阴谋。

我不知年幼者梦想什么——

某种模糊的乌托邦——她仿佛,

---

[1] 伊娃·郭尔-布斯(1870—1926):诗人、社会主义者;康斯坦丝·郭尔-布斯·马尔凯维奇(1868—1927):革命家。后者因参与1916年复活节起义而被判处死刑,后改判无期徒刑,1917年6月遇大赦出狱,仍旧活跃于爱尔兰政坛。叶芝自1894年起与该姊妹相识。

[2] 利萨代尔:盖尔语,意为"盲人的庭院",郭尔-布斯家族在斯来沟郡的庄园。

到老得瘦骨嶙峋的时候,
这类政治的一个鬼影。
有好多次我打算去访寻
这位或者那位,谈论
那乔治时代[1]的老宅,混同
心中的种种景象,回想
那桌子和青年时代的谈吐,
两个穿丝袍的少女,都
很美,一个好像羚羊。

二

亲爱的幽灵,现在你们
洞悉一切,一切与公共
是非斗争的愚蠢行径。
天真之人和美丽之人
除了时光没有仇敌;
起来,教我划一根火柴,
再划一根,到时光燃起来;
假如大火升腾而起,
就跑,到所有智者都知道。
我们建造了伟大的楼台,

---

[1] 乔治时代为 1714—1820 年。而利萨代尔建于 1832 年。叶芝要么搞错了,要么是指其建筑风格。

他们却宣判我们有罪；
教我划火柴，把火吹着。

1927年10月

死 [1]

垂死的野兽不知

恐惧也不知希望；

临终的人却满怀

所有的希冀恐慌；

一遍一遍他死去，

一遍一遍又复活。

一个伟大的人物

壮年面对杀人者，

把轻蔑冷冷投向

呼吸的更迭交替；

他透彻深知死亡——

是人类创造了死。

---

[1] 此诗作于 1927 年 9 月，是为爱尔兰自由邦司法部兼外交部长凯文·欧希金斯（1892—1927）被恐怖分子刺杀而作。

自性与灵魂的对话 [1]

一

我的灵魂： 我号召去那盘旋的古老楼梯；

把你的全部心意都置于那陡阶，

置于那破裂、崩坍欲坠的雉堞，

置于那无息的星光耀映的空际，

置于那标志着隐蔽极轴的星辰；

把缕缕漫游的思绪全都集中在

一切思想在那里完成的方位：

谁又能把黑暗与灵魂分辨区分？

我的自性： 横在我膝上这柄神圣的剑

是佐藤的古剑，依然像从前一样，

依然快如剃刀，像明镜一样，

不曾被数百年岁月染上锈斑；

那绣花、丝织、古老的锦缎扯自

某位宫廷贵妇的衣袍，包裹

缠绕在那木制剑鞘上，残破了，

---

[1] 此诗作于 1927 年 7—12 月间。

      仍能保护,褪色了,仍能装饰。

我的灵魂: 一个人鼎盛之年久已度过,
      为什么还要在想象之中回顾
      那些象征爱情和战争的事物?
      想一想祖先留传下来的黑夜:
      只要想象蔑视凡尘世界,
      理智蔑视它那从此到彼
      又到其他事物的不定游移,
      黑夜就能脱离生死的罪恶。

我的自性: 元茂[1],家族的第三世,五百年前
      造就了它,它周围躺着我所
      不知的某种刺绣的花朵图案——
      像心一样猩红——我把这些
      都当作白昼的象征,与那象征
      黑夜的碉楼形成相互对立,
      并且犹如以一个士兵的权利
      要求一份再度犯罪的许可证。

我的灵魂: 如此的充盈在那方位流溢,
      继而泻入心意的盆地之中,

---

[1] 元茂长舟备守(译音):日本铸剑师,生活于弘和年间(1394—1428)。

使人震惊得又盲又哑又聋,
因为理智不再能够辨识
"在"与"应在",或者"能知"与"所知"——
那也就是说,不再能够升天;
唯有死者能够得到赦免;
但我想到此,舌头便僵硬如石。

二

我的自性: 活着的人是盲目的,且嗜饮无度。
有什么要紧?即使水沟不干净。
有什么要紧?即使我再活一生,
忍受长大成人的艰难辛苦;
少年时代的蒙羞受辱;那从
少年转变到成人的痛苦坎坷;
那未得成就的成人和他那被迫
与自己的愚笨面对面的伤感苦痛;

那四面受敌的获得成就之人——
天哪,他究竟如何才能够逃避
那些充满恶意的眼睛的镜子
反射到他的眼睛之中的那毁损
而又污秽的形象,直至终于
他认定那形象就是他的形象?
而假如在寒风之中荣誉临降

一味逃避又有什么好处?

我满足于把一切从头再活过一遍
又一遍,即便那生活是这般如此:
把一个痛打一群瞎子的瞎子
扔进瞎子之沟的蛙卵中间;
或把男人所做或者不得不
忍受的蠢事——假如他追求一个
与他灵魂无缘的骄傲女人——
扔进那最有繁殖力的水沟里去。

我满足于在行动或在思想中追溯
每一事件,直至其源头根柢;
衡量一切;彻底原谅我自己!
像我这样的人把悔恨抛出,
一股巨大的甜蜜流入胸中时,
我们必大笑,而且我们必歌呼,
我们备受一切事物的祝福,
我们目视的一切都有了福气。

象 征 [1]

风吹雨打一座古谯楼,
一位盲隐士敲钟报漏。

无坚不摧的长剑仍旧
背在流浪的傻子肩头。

剑刃包裹金缕的锦衣 [2],
美人和傻子睡在一起。

---

[1] 此诗作于 1927 年 10 月。
[2] 参见《自性与灵魂的对话》一诗。

洒掉的奶 [1]

我们做过和想过,
想过和做过之辈,
必将漫流,变稀薄,
像洒在石上的奶。

---

[1] 此诗作于 1930 年 11 月 8 日。英谚云:"牛奶洒掉了,哭也没有用",意谓不必为已发生而无可挽回的事情感到悔恨。

十九世纪及以后 [1]

伟大的歌虽不复返,
我们仍有强烈所乐:
海滩上白石如卵
落潮下哗哗鸣和。

---

[1] 叶芝于 1929 年 3 月 2 日致信奥莉维娅·莎士比亚:"我已经开始担心这世界最后的伟大诗歌时代已经结束了。"

三次运动 [1]

莎士比亚之鱼漫游在大海里,远离陆地;
浪漫主义之鱼回游在收向手中的网底;
那些躺在沙滩上喘息的鱼是什么东西? [2]

---

[1] 此诗作于 1932 年 1 月 26 日。
[2] 指现代主义的拙劣实验作品。

在阿耳黑西拉斯
——沉思死亡 [1]

喙似苍鹭的白色牛背鹭

以摩洛哥 [2] 牛羊身上某类

肮脏的寄生虫子为食物,

飞过狭窄的海峡,栖止

在园林浓厚的夜色之中,

待曙光在汇流的海面绽进。

少年时代,在傍晚时分,

我常给一个朋友带去——

希望一个年长的慧心

推荐更具实质的乐趣——

并非牛顿的比喻 [3] 中所说,

---

[1] 此诗原题《在阿耳黑西拉斯度夏期间所写下的沉思》。阿耳黑西拉斯:西班牙南部一城市,位于直布罗陀海峡北岸。
[2] 摩洛哥位于直布罗陀海峡南岸。
[3] 英国科学家艾萨克·牛顿爵士(1642—1727)曾经说:"我不知世人会怎样看我;但我自己觉得我不过像一个孩子,在海滩上玩耍,不时地逸出常规,捡到比一般漂亮的卵石或贝壳罢了,而伟大的真理之海洋在我面前尚全然未被发现。"(大卫·布鲁斯特:《艾萨克·牛顿爵士的生平、著作和发现》,爱丁堡,1855 年,卷二,页 407)

而是罗西斯[1]平滩的真贝壳。

阳光里面有更大的荣耀,
空气中浮动着一股夜寒,
命令想象力多多关照
那位伟大的出题考官[2];
他会问什么,倘被问,我
又能以适当的自信答什么。

1928年11月

---

[1] 罗西斯:斯来沟附近一海滨渔村。
[2] 指上帝。

拜占庭 [1]

白天不洁的形象 [2] 隐退；

皇帝的醉兵丁上床入睡；

夜籁沉寂：夜行者的歌声 [3]

接着大教堂 [4] 的锣鸣；

星辉或月光下的圆顶蔑视

人类的一切，

区区的聚合，

人类血脉的怒气和淤泥。

一个影像 [5]，人或鬼，在我眼前飘荡，

说是人更像鬼，说是鬼更像影像；

---

[1] 此诗作于 1930 年 9 月。拜占庭象征艺术和灵魂的圣地。叶芝认为灵魂须不断轮回再生，逐渐达到不朽境地；而每次再生前，须经净化。此诗即写灵魂超脱轮回，走向永恒乐土之前的最后一次净化。
[2] 物质世界的现象。
[3] 妓女拉客声。
[4] 指东罗马皇帝查士丁尼安于公元 532—537 年间在拜占庭修建的圣索菲亚大教堂。
[5] 影像：指超脱了轮回之劫，无死无生的"精灵"。它引导灵魂走向永恒。

因为尸布里裹的哈得斯线轴 [1]

也许会解开那缠绕的道路;

一张无水分也无气息的嘴,

会把众多无气息的嘴召集 [2];

我向那超人者致意:

我叫它死中生、生中死 [3]。

奇迹、鸟或金制的玩艺 [4],

说是鸟或玩艺不如说是奇迹,

栖止在星光照耀的金枝上,

能像哈得斯的晨鸡 [5] 般啼唱,

或者被月亮所激怒,身披

不朽金属的光华,大声轻贱

平凡的飞鸟或花瓣

和一切淤泥或血液的聚合体 [6]。

---

[1] 哈得斯是希腊神话中之冥王。哈得斯的线轴喻灵魂,它降生人世而缠绕上"经验"(尸布),因为生对于灵魂意味着自由的丧失、监禁或死亡。解开缠绕的"道路"(生命)则意味着脱离尘世,回到永恒。
[2] 无生无死的精灵召集灵魂回归永恒。
[3] 在活在世上的人看来,精灵的影像是死的,但从永恒的观点看来,却正是它活着,而世上之人是死的。
[4] 艺术品为不朽之象征,故它藐视自然物和人类。
[5] 古罗马人墓碑上刻有雄鸡,为再生之先导。
[6] 苏维托尼乌斯《罗马十二帝王传·提比略传》载:"提比略的老师骂他曰'掺和着血的污泥'。"

夜半,皇帝的甬道[1]上飘闪

不假柴薪和钢镰燃点、

狂风不扰、生自火焰的火焰[2],

血生的鬼魂来到其间,

一切怒气的聚合体撤离,

消逝在一个舞,

一阵失神的痛苦,

烧不焦衣袖的火焰的痛苦里[3]。

骑着海豚的泥血之躯[4],

鬼魂鱼贯而来!工匠们截断那洪流[5],

皇帝御用的金匠们!

舞场铺地的大理石[6]

截断聚合的强烈怒气,

那些仍在生养

新影像的影像[7],

那被海豚划破、锣声折磨的大海[8]。

1930年

---

[1] 康斯坦丁堡广场上有镶嵌图案的甬道,为艺术之象征。
[2] 传说拜占庭街角有磷火,可涤除死魂灵身上的不洁。
[3] 日本能乐剧中有少女在想象的罪恶之火中挥袖而舞的场景。叶芝借以指尘世之火。
[4] 西方传说,人死后灵魂由海豚驮往极乐之岛。
[5] 艺术的创造者抵御人欲的进攻。
[6] 艺术之象征。
[7] 尚未脱离轮回之劫的灵魂。
[8] 人类情感之海。

对不相识的导师们的谢忱

应承要做的事
他们[1]都实现；
一切就像露滴
悬在草叶尖。

---

[1] 指叶芝太太尝试"乩笔"写作时下降附体的"神灵"们。

或许可谱曲的歌词

一、疯珍妮[1]与主教

带我去雷劈的橡树那里,
让我,在夜半钟声敲响时,
(人人在墓里找到安全。)
可以唤灾祸往他头上落,
为了我死去的亲亲杰克[2]。
驴粪蛋最不值钱,他说:
那自负之人和那驴粪蛋。

他下禁令驱逐了行脚
雇工杰克时,还不是主教,
(人人在墓里找到安全。)
甚至连教区牧师都不如,

---

[1] 此诗作于1929年3月2日。疯珍妮是个虚构人物,原型是戈尔韦郡郭特乡一位以言语放肆善于讽刺著称的老妇人,人称"疯玛丽"。叶芝也一定熟悉马修·格雷戈里·刘易斯(1775—1818)的谣曲《疯珍妮》。

[2] 叶芝在剧本《那锅肉汤》(1903)里的一首歌词中首次使用"雇工杰克"这个名字;可能是得自格雷戈里夫人的剧本《将输的游戏》(1902)。

可他,手里攥一本旧书,
大喊我们活得像牲畜:
那自负之人和那驴粪蛋。

主教生就一张皮,天知道,
皱巴巴就好像鹅的蹼脚,
(人人在墓里找到安全。)
他无法用神圣的黑袍遮住
他那驼背,就好似苍鹭,
可我的杰克挺拔像桦树:
那自负之人和那驴粪蛋。

杰克占有了我的女儿身,
叫我去橡树那里,只因
(人人在墓里找到安全。)
他流浪在外直到深夜,
唯有栖身在那棵树下,
可要是别人来,我就唾骂:
那自负之人和那驴粪蛋。

二、受责的疯珍妮[1]

我不在乎水手们说什么:

---

[1] 此诗作于1929年3月27日,原题《受责的疯玛丽》。

所有那些可怕的雷电，

所有那些遮天的风波

都不过表明老天打呵欠；

伟大的欧罗巴[1]当了冤大头，

她用情郎换了头公牛。

缶儿得喽儿，缶儿得喽儿。

为磨圆那贝壳的精致螺纹，

用优美细巧的珍珠母壳

装饰每一条秘密的路径，

曾使天堂的接缝处开裂：

所以决不要把心挂在

咋咋呼呼的雇工身上。

缶儿得喽儿，缶儿得喽儿。

三、疯珍妮在最后审判日[2]

"那样的爱情

不令人满足，

若不得完整

肉体和灵魂"；

---

[1] 欧罗巴：古希腊神话中的腓尼基公主，被宙斯化白牛劫持到克里特，生弥诺斯和拉达曼堤斯。后嫁给克里特王阿斯忒里俄斯。
[2] 此诗作于1930年10月。据基督教传说，在世界末日，基督将重现人世，审判所有活着和已死之人，善者得升天国，恶者必下地狱。

这就是珍妮所述。

"接受这乖僻,
若你接受我,
我能一小时
嘲笑骂不止。"
"当然是这样",他说。

"赤裸我躺卧,
草地我床铺;
赤裸且藏躲,
那日子暗黑";
这就是珍妮所述。

"什么能展示?
真爱是什么?
只要时光逝,
一切全都知。"
"当然是这样",他说。

四、疯珍妮与雇工杰克[1]

我知道,尽管目光相遇时

---

[1] 此诗作于1931年11月。

我发抖直到骨髓里,
但我越是不把门闩起
爱就越是去得快,
因为爱情不过是一团线
在夜暗和黎明间解开。

那将走向上帝的魂灵
是一个孤独的魂灵;
我——爱的线团在地上,
我的身体在墓中——
将跃入那片光明,消失
在我母亲的子宫中。

可假如我被撇下,独自
睡着一张空床铺,
那线团把我们魂灵捆一起,
那夜他经过这条路,
回头看时,我死后的魂灵,
就会朝他走过去。

五、疯珍妮谈上帝[1]

那一夜的情郎

---

[1] 此诗作于1931年7月18日。

想来时他就来,
他走时天刚亮,
不管我愿与否;
男人来,男人走:
一切留给上帝。

旌与旗蔽天空;
众兵士相践踏;
铁甲马竞嘶鸣;
大战役爆发在
那狭窄的关隘:
一切留给上帝。

从孩提时代起
无人住的一座
破房子蓦然在
众眼前亮起灯,
从屋门到屋顶:
一切留给上帝。

有情郎野杰克,
尽管我像条路
任男人从上过,
我身子不呻吟,

却不断在歌吟:
一切留给上帝。

六、疯珍妮与主教交谈[1]

我在路上遇见了主教,
他和我滔滔地交谈。
"这对乳房已干瘪下垂,
那血脉不久必枯干;
要住一座豪华的宅院,
别待在丑恶的猪圈。"

"美好和丑恶乃是近亲,
美需要丑。"我呵斥。
"我的朋友都走了,但这是
真理,坟墓和床笫
都不否认,在肉体的低贱
和心灵的高傲中得知。

"女人热衷于恋爱之时,
可能骄傲而矜持;
但爱神已把他的宅院
抛进了沤粪的土池;

---

[1] 此诗作于1931年11月。

因为未经劈分的东西

都不会完整或唯一。"

七、年老的疯珍妮观看舞者[1]

我发现那象牙色形象在那里

同她选中的青年舞起,

可当他缠绕起她煤黑的发丝

仿佛要把她勒死时,我不敢

惊叫,身子也不敢挪移,

眼眸却在眼皮下忽闪:

爱情就像狮子的牙齿。

当她——虽然有人说她做戏,

但我说她舞出了心中真情意——

拔出一把刀要把他捅死时,

我只能让他听命运的裁决;

因为,无论怎么说起,

他们有含有仇恨的一切:

爱情就像狮子的牙齿。

是他死了还是她死了?

他们俩是装死还是真死?

---

[1] 此诗作于1929年3月6日。

愿上帝永远同在,当我

毫不顾忌什么意外,

好让腿脚可以试学

他们跳过的那种舞蹈时——

爱情就像狮子的牙齿。

八、少女的歌[1]

我独自出门

去唱一两支歌,

心里想男人,

你知道是哪个。

另一个到眼前,

拄着根棍子

硬撑着那腰杆:

我坐地哭泣。

这就是我的歌——

究竟全说到,

我看见老小伙

还是小伙老?

---

[1] 此诗作于 1929 年 3 月 29 日。

九、少年的歌

"她将会变成,"我喊,
"一个枯槁的老太婆。"
一直在我的胸里面
静静地躺着的心儿
猛敲着那骨头,充满
高尚的义愤回答说:

"抬起你那双眼睛哟,
投出些无畏的视线:
即使说织品都褪色,
她同样会美丽呈现;
我未见枯槁老太婆,
在世界被造就之前。"

这报告令我颇羞愧,
因心儿不可能说谎,
我便跪倒在尘埃里。
所有的一切都得向
我被冒犯的心下跪,
直到它肯把我原谅。

十、她的忧虑

妆饰美丽的大地
期待回归的春季。
一切真爱必死亡,
顶多也将会变为
某种较次的东西。
请证明我说谎。

恋人有如此身体,
如此费力的呼吸,
以便触摸或叹伤。
他们每触摸一次,
爱情就更接近死。
请证明我说谎。

十一、他的信心

为购买不死爱,
我在这眼角
记录了下来
犯过的一切错。
多少钱才够买
不死的爱?

我用力猛击,
把心劈两半。
怕什么?我已知
爱出自山岩,
荒凉的源头,
喷涌成流。

十二、爱的寂寞[1]

老父亲们,曾祖父们,
像亲人应做的,起来。
如果恋人的寂寞曾经
到你们站立的所在,
请祈祷上天护佑我们
像护佑你们的血脉。

山峦投下了一片阴影,
细细的是月亮的角;
在那蓬乱的荆棘下面
我们又想起了什么?
恐惧已随着渴望而来,
我们的心已被撕裂。

---

[1] 此诗作于 1929 年 4 月 17 日。

十三、她的梦

我躺在床上的时候梦见

夜深不可测的智慧临降,

我剪下我的一绺绺发卷

供放在爱神的墓碑之上:

可什么东西把它们载去

高入浓云中不见了踪迹,

后来在夜空之上钉挂起

贝瑞尼丝的燃烧的发丝 [1]。

十四、他的约定

谁谈论柏拉图的纺锤 [2];

是什么使它开始转?

永恒会萎缩衰退,

时光被放松解散,

---

[1] 据传说,古埃及王托勒密三世(前284—前221)之王后贝瑞尼丝二世(前273—前221)在他凯旋时献给他的一束头发化成了贝瑞尼丝彗星。

[2] 在柏拉图《理想国》第十卷中,格罗康讲述了厄尔在阴间的经历,以及他看见"必然性的纺锤"的幻视:"现在,在草地上逗留了七天之后,鬼魂们在第八天被迫继续赶路;四天以后,他说他们来到一个地方,在那里他们能够看见一道光线,像一根柱子从上面垂下来,贯穿整个天和地,颜色近似虹霓,不过更亮更纯;又赶了一天的路,他们来到一处,在那里,在光明中间,他们看见那光固定的一端从天上延伸下来:因为这光是天的束带,像船的底箍,把宇宙束成一体。从这些端点延伸出必然性的纺锤,万物都在其上旋转。"

丹和杰瑞[1]那粗汉
到处把爱人更换。

不管他们信不信，
在那线开头之前，
我就与那头发约定，
包括所有的曲卷，
直至最后一缕线
纺尽，也不会食言。

十五、三样事

"残酷的死神哟，请还我三样事，"
　一根骨头在海滩上歌唱；
"孩子曾找到所必需的东西，
无论是快乐还是休养，
在我丰满的胸房之上"：
　被海浪洗白海风吹干的骨头。

"女人所知的三样好事，"
　一根骨头在海滩上歌唱；
"当我的肉体活着之时，
只要我这样抱一个男人，

---

[1] 虚构的男子名。

他就找到了生活的欢欣":

被海浪洗白被海风吹干的骨头。

"我还在思念的第三样事,"

一根骨头在海滩上歌唱,

"是在那个早晨,我当时

面对面遇见我中意的男人,

到后来打哈欠又把懒腰伸":

被海浪洗白被海风吹干的骨头。

十六、催眠曲[1]

亲爱的,在从前吮乳之处

入睡吧,愿你睡得安稳。

当强壮的帕里斯在一张金色

床榻上,在海伦怀抱中沉入

酣眠的第一个黎明时分,

全世界的警报对他算什么? [2]

睡吧,亲爱的,睡个好觉,

就像那狂野的崔斯坦[3]所体验:

---

[1] 此诗作于 1929 年 3 月 20 日或 27 日。
[2] 据古希腊神话,特洛伊王子帕里斯诱拐斯巴达王后海伦,从而引发十年特洛伊战争。
[3] 据欧洲中古传奇《崔斯坦与伊索德》,骑士崔斯坦奉命赴爱尔兰护送美女伊索德回康沃尔与马克王成婚,途中二人误服巫药而相爱。

当时,春药的作用见了效,
雄鹿可奔跑,或雌鹿可蹿跳
在橡树和榉树的枝桠下面,
雄鹿可蹿跳,或雌鹿可奔跑;

睡个好觉,安稳得犹如
欧罗塔斯河岸上的木材:
当时那神圣的鸟儿在那里
完成了他注定的意愿之后,
从勒达的肢体上降落下来,
却没有离开她的护爱。[1]

十七、长久沉默之后[2]

长久沉默之后又说话;对了——
别的恋人彼此疏远或亡故,
冷漠的灯光躲入灯罩深处,
层层窗帘挡住冷漠的夜色——
我们谈论了却又再次谈起
艺术与诗歌那个至高主题:
肉体衰老即智慧;年轻之时,

---

[1] 据希腊神话,斯巴达王廷达瑞俄斯之后勒达被变化成天鹅的主神宙斯强奸而生海伦、克吕泰涅斯特拉和狄俄斯库里兄弟。"神圣的鸟儿"即宙斯。欧罗塔斯河在斯巴达之东。
[2] 此诗作于1929年11月,赠给奥莉维娅·莎士比亚。

我们彼此相爱却懵懂无知。

十八、像雾和雪一般狂[1]

关好闩牢窗和门,

因为恶风吹得强:

今夜头脑最灵敏,

而我仿佛悉知详

身外一切全都是

像雾和雪一般狂。

荷马[2]贺拉斯[3]并肩;

柏拉图[4]立在下方;

图里[5]的书已翻开。

多少年前少年郎,

---

[1] 此诗作于1929年2月12日。叶芝原注(1933)说:"1929年春,生命复归,犹如伟大的创造者们不可遏制的精力和勇气的印象一般;仿佛要不是新闻和评论,那所有的遁词和解释,这世界就要被撕成碎片了。我写了'像雾和雪一般狂',一首机械的小歌,随后在那狂热的几周里,几乎'或许可谱曲的歌词'那组诗全都涌入了脑海。然后又病了,我写了'拜占庭'和'维罗尼卡之帕',寻找适合我年龄的主题,从而得以把自己暖回生命。自那以后,我又给'或许可谱曲的歌词'增加了几首诗,但总是保持最初诗作的情绪和设计。"(《校勘本》,页831)
[2] 荷马:古希腊盲诗人。
[3] 贺拉斯(前65—前8):古罗马作家。
[4] 柏拉图(前429—前347):古希腊哲学家。
[5] 图里:即马尔库斯·图里尤斯·西塞罗(前106—前43),古罗马演说家。

你我曾经不识字,

像雾和雪一般狂?

老友问我何叹息,

问我战栗何惶惶?

战栗叹息是想起

多才荷马也同样

和西塞罗都曾经

像雾和雪一般狂。

十九、那些跳舞的日子已逝去[1]

来,让我对你耳朵唱;

跳舞的日子已逝去,

所有那绫罗绸缎衣裳;

在一块石头上蹲踞,

把那污秽身体用同样

污秽的破布围裹:

我用一只金杯盛太阳,

一只银袋装明月。

你尽管骂,我要唱完它;

---

[1] 此诗作于 1929 年 3 月 8 日。叶芝原注(1933)说:"'金杯中的太阳',虽不包括'银袋里的月亮',是引自埃兹拉·庞德先生的《诗章》最后一首的语句。"(《校勘本》,页 830—831)

即便那最能让你

快活的无赖，正和他那

亲生儿女在某地，

酣睡在一块石板下方，

那又算得了什么？

我用一只金杯盛太阳，

一只银袋装明月。

在时钟指示的正午时分，

我今天才想通这些，

一个挂着拐杖的男人

会抛去虚假的做作，

无论对老太婆还是小姑娘，

会唱呀，唱到他倒下：

我用一只金杯盛太阳，

一只银袋装明月。

二十、"我来自爱尔兰"[1]

"我来自爱尔兰，

那神圣国土爱尔兰，

时光在飞跑，"她喊，

---

[1] 此诗作于1929年8月。叶芝原注（1933）说："'我来自爱尔兰'是从几年前某人给我重复唱的一首十四世纪爱尔兰舞歌的三四行发挥而来的。"（《校勘本》，页830）

"来吧,出于慈善,
来与我共舞在爱尔兰。"

一个人,唯有一人,
身穿那奇异的衣着,
在那里闲逛的所有人
当中的一个孤独者,
把他庄严的头转过。
"那是段遥远路途,
时光在飞跑,"他说,
"夜晚在变得粗鲁。"

"我来自爱尔兰,
那神圣国土爱尔兰,
时光在飞跑,"她喊,
"来吧,出于慈善,
来与我共舞在爱尔兰。"

"琴手个个是笨手,
要么是琴弦该杀,
那些个皮鼓、铜鼓
和小号全都爆炸,
还有长号,"他嚷,
"小号还有长号,"

翻起恶毒的眼光,

"可时光在飞跑,飞跑。"

"我来自爱尔兰,

那神圣国土爱尔兰,

时光在飞跑,"她喊,

"来吧,出于慈善,

来与我共舞在爱尔兰。"

廿一、舞者在克洛坎和科罗-帕垂克[1]

我[2],在克洛坎多风的平原上

舞蹈,在科罗-帕垂克山巅

大声歌唱,昭示宣扬:

在飞鸟或走兽或人类中间,[3]

有一位完美或安详平和者;

无论在林间、云中或水下

会跑、会跳或会游的一切

都在欢呼、赞颂、攻击祂。

---

[1] 此诗作于1931年8月。克洛坎:古康纳赫特王国的首都,在罗斯康门郡境内。科罗-帕垂克:意为"帕垂克的土堆",梅约郡境内一山名,是基督教朝圣中心,与圣帕垂克的生平事迹有关。

[2] 叶芝在《一位印度僧人》一文中写道:"某个爱尔兰圣徒,名字我忘了,曾唱过'鸟类中间有一个真完美;鱼类中间有一个真完美;人类中间有一个真完美'。"此圣徒是十二世纪的圣策拉。

[3] 指上帝。

廿二、疯子汤姆[1]

那在树荫遮盖下面
睡觉的疯子老汤姆歌唱;
"什么变化使我思绪迷惘?
还有那目光犀利的眼睛?
什么把大自然纯粹不变
之光变成了冒烟的烛芯?

"哈顿、达顿、丹尼尔·欧李瑞、
那个叫花子,虔诚的玖,[2]
仍然照旧嫖娼,酗酒
或在大路上歌唱忏悔词;
这双眼有点儿困倦欲睡,
曾忽闪,看见他们在尸布里。

"立于原野或洪水之中的一切,
飞禽、走兽、水族或人类,
母马或公马,公鸡或母鸡,
都血气旺盛精神十足地

---

[1] 此诗作于1931年7月27日。疯子汤姆是一个虚构人物。叶芝可能是利用了一个特指伦敦疯人院病人的说法:"疯人院的汤姆"。该院定期放出病人讨钱,以支付他们的住院费。
[2] 都是凯尔特传说故事中的人物。

立于上帝不变的眼光下；

我坚持这信仰，无论生死。"

廿三、汤姆在克洛坎[1]

睡在克洛坎平原上，他

定要用一首诗来歌唱

最能震撼他的灵魂者：

"'永恒'那匹种马

骑上那母马'时光'，

生下这马驹'世界'。"

廿四、又见老汤姆[2]

事物从完美中航行出来，

都披着它们鼓涨的风帆，

自我化生者将不会失败，

虽然异想天开者设想好

船坞和风暴肆虐的海岸，

尸布和包裹婴儿的襁褓。

---

[1] 此诗作于1931年7月29日。
[2] 此诗作于1931年10月。

廿五、关于普罗提诺的德尔斐神谕[1]

看那伟大的普罗提诺游泳,
在这一片汪洋之中簸颠;
温和的拉达曼堤斯[2]把他欢迎,
但那金色的种族[3]显得朦胧,
咸腥的血水淤塞了他的双眼。

有的疏散闲坐于平坦的草地
有的蜿蜒穿行于小树林中间,
柏拉图在那边,走过的是弥诺斯[4],
那边则是尊贵的毕达哥拉斯
以及爱神所有的合唱队员。

1931年8月19日

---

[1] 普罗提诺(204—270):古罗马希腊裔哲学家,生于埃及,新柏拉图主义创始人。德尔斐是古希腊城市,其中的阿波罗神殿以神谕灵验著称。普罗提诺的学生波菲利(约233—305)在《普罗提诺传》中叙述了他请阿弥琉斯求问神谕,以获知普罗提诺的灵魂在死后的命运之事。神谕说他将象征性地回归,经过生命之海,受到冥界乐土判官们的欢迎,并受到柏拉图、毕达哥拉斯和不朽的唱诗班的众神的喜爱。
[2] 拉达曼堤斯:古希腊神话中的英雄,宙斯与欧罗巴之子,后来成为冥界三判官之一。
[3] "金色的种族"指诸神。
[4] 弥诺斯,希腊神话中的克里特王,宙斯与欧罗巴之子,死后成为冥界三判官之一。

帕内尔的葬礼及其他（1935）

超自然之歌

一、瑞夫在波伊拉和艾琳之墓畔[1]

因为发现了我在黢黑的夜里

翻开着书本,你问我在做什么。

请注意听我的传说,带它到远方

给从未见过这削发的头颅也从未

听过这哑了九十年的嗓音的人们。

关于波伊拉和艾琳你无须讲什么,

都知道他们的故事,都知道苹果

---

[1] 此诗作于1934年7月24日。叶芝原注(1935)说:"'超自然的歌'中的隐修士瑞夫是一个虚构的圣帕垂克的批评者。他的基督教信仰像许多早期爱尔兰基督教信仰一样,可能来自埃及,与基督教前思想相仿。"(《校勘本》,页857)波伊拉:爱尔兰传说中伦斯特国王梅斯盖德拉与北爱尔兰女神布安之子;据格雷戈里夫人所著《缪阿瑟姆内的库胡林》,波伊拉"属于茹德瑞格〔译按:北爱尔兰英雄群体之一〕一族,虽然他仅占有极少土地,但他是北爱尔兰王国的继承者,无论男女老少,谁见了他都喜爱,因为他非常会说话,他们都叫他'蜜嘴波伊拉'。"艾琳是他的爱人。据叶芝叙事诗《波伊拉与艾琳》:"波伊拉与艾琳是一对恋人,但是爱神安格斯希望他们在他的国度,在死者中间幸福,便给每人讲了一个关于对方之死的故事,于是他们心碎而死。"叶芝于1934年7月24日致信莎士比亚太太:"我脑子里还有一首诗,说的是一个修士半夜在去世很久的一对恋人的墓上读祈祷书,那天正是他们的周年忌日;当夜他们〔的灵魂〕在墓地上空交合,他们的拥抱不是部分的,而是全身起火发光;他就借着那光亮读书。"

和紫杉的枝叶如何纠结[1]，覆盖
他们的遗骨；只讲些没人听过的。

赐给他们以如此死法的奇迹
把从前是筋骨的东西转变成了
精微物质；这样的身体交合时，
无所谓此处，也无所谓彼处的接触，
非紧张的欢乐，而是全体融合；
因为天使的交媾就是一团光[2]，
二者仿佛迷失、消融于其中。

在此，苹果和紫杉树枝的颤抖
之上黢黑的半空之中，在此，
在他们去世的周年忌日，他们
初次拥抱的周年纪念日，那对
恋人，已被悲剧净化，急急
扑入彼此的怀抱；我这双被清水、
药草和孤独的祈祷锻炼得鹰眼般
犀利的眼睛都不堪那亮光的炫耀。
虽然有些被树叶割破，那亮光

---

[1] 波伊拉与艾琳死后，一棵紫杉树和一棵苹果树分别从他们的葬身之处生长起来；他们相恋的故事则写在用紫杉和苹果木做的板子上。
[2] 此说出自瑞典神秘主义者伊玛纽埃尔·斯韦登堡（1688—1772）。

落在草地上形成一个圆圈,

在其中我一页页翻动我的圣书。

二、瑞夫驳斥帕垂克[1]

一个抽象的古希腊怪论让这人[2]发了疯癔——

一个全是男性的三位一体。男人、女人、小孩（女儿或儿子），

这才是所有自然或超自然故事流传的方式。

自然与超自然者用同样的指环结合成婚。

一如人类,一如野兽,一如蜉蝣生育,神也生育神,

因为那"伟大的绿宝石书板"[3]说,在下者是副本。

而一切都必须复制副本,一切都繁衍同类;

在它们的情欲之火消沉,被肉体或心灵浇熄时,

那变戏法的大自然登场,她蜿蜒交缠在它们的拥抱里。

---

[1] 叶芝1934年7月24日致信莎士比亚太太,说此诗的主旨是"我们生育是由于我们的爱不完美"。圣帕垂克（385—461）是最早去爱尔兰传播基督教的罗马传教士,爱尔兰的主保圣人。

[2] 指圣帕垂克。

[3] "伟大的绿宝石书板"：1541年出版的关于炼金术的中古拉丁文著作,伪托是古埃及文字神赫耳墨斯·垂斯梅基斯图斯（埃及名"托斯"）所作。

那生有镜片般鳞甲的蛇就是繁多滋生,

而在地上、水里或空中成双作对的一切共有那只有三位的神,

只要能像祂那样爱,它们就能生育自身。

六、他和她[1]

随月亮悄然升起

她必悄然升起,

随惊惶月亮逃逸

她也必然逃逸:

"他的光早把我刺瞎,

若我胆敢停止。"

月亮唱歌她也唱:

"我就是我,是我;

我的光变得愈亮,

我就愈远地逃躲。"

听到那甜美的喊声,

万物都抖颤瑟瑟。

---

[1] 此为原组诗中的第六首。叶芝于1934年8月25日致信莎士比亚太太,说此诗是写灵魂的:"当然,这是我的中心神话。""她"指灵魂或人性,随着"他"——月相的变化而演化。

九、人的四个时期[1]

他曾与肉体战斗过一场,
但肉体赢了,趾高气扬。

然后,他又与心相抗拒;
纯真与和平都弃他而去。

然后,他与头脑相争斗,
把骄傲的心抛在了身后。

现在,他对神之战开始;
夜半钟鸣时,神将胜利。

十、合相[2]

假如朱庇特与萨图恩相逢,

---

[1] 此诗作于1934年8月6日。在叶芝的哲学体系中,个人人格和人类文明可划分成四个阶段:一、地、本能、早期文明;二、水、情欲、中古骑士时代;三、风、理智、文艺复兴至十九世纪末;四、火、灵魂、文明被仇恨毁灭的时代。

[2] 叶芝把星象学上的木星(朱庇特,亦为古罗马神话中的主神)和土星(萨图恩,亦为古罗马神话中的农神)的会合与一种"对立的或主观的"天命相联系,把火星(马尔斯,亦为古罗马神话中的战神)和金星(维纳斯,亦为古罗马神话中的爱神)的会合与一种"基督教的或客观的"天命相联系。见阿兰·韦德编《叶芝书信集》,伦敦,1954年,页828。

木乃伊小麦[1]有何等样收成!

剑是十字架;他[2]死于其上:
女神[3]喘息,在马尔斯胸上。

十一、针眼

咆哮而过的流泉
全出自一个针眼;
未生、已逝的事物
从针眼驱它涌出。

---

[1] 见《题埃德蒙·杜拉克作黑色人头马怪图》一诗注。
[2] "他":指耶稣基督。
[3] "女神":指维纳斯。

新诗(1938)

天青石雕 [1]

(为哈利·克里夫顿作)

我曾听歇斯底里的女人

说她们厌恶调色板和提琴弓 [2],

厌恶总是快活的诗人,

因人人皆知,否则也该懂:

假如不采取激烈手段,

飞机和飞艇就会出动,

---

[1] 1935年7月4日,70岁的叶芝收到友人哈利·克里夫顿赠送的一件生日礼物——一块中国乾隆年间的天青石雕。翌日他写信给女诗人多萝茜·韦尔斯利说:"有人送给我一大块天青石雕作礼物,上面有中国雕刻家雕刻的山峦、庙宇、树木、小径和正要登山的隐士和弟子。隐士、弟子、顽石等是重感觉的东方的永恒主题。绝望中英雄的呼喊。不,我错了,东方永远有自己的解决办法,因此对悲剧一无所知。是我们,而不是东方,必须发出英雄的呼喊。"叶芝最初的构思侧重于东、西方对待悲剧的不同态度,但1936年7月25日诗成之后,它的主题更加丰富了。叶芝在写给韦尔斯利的信中说此诗"几乎是我近年来所作的最好的作品"(《威·巴·叶芝致多萝茜·韦尔斯利论诗书信集》,牛津大学出版社,1964年,页19)。

[2] 调色板、提琴弓和诗人分别代表视觉艺术、音乐和文学,它们为热衷于政治的人们所鄙弃,面临毁灭的危险。叶芝作此诗时,欧洲正笼罩着对可能爆发的战争的恐慌。

像比利王那样扔下炸弹[1]

直到这城市被摧毁夷平。

全都在表演各自的悲剧,

那边走哈姆雷,那边有李尔王,

那是奥菲莉,那是考娣莉[2];

可是,若演到最后一场,

巨大的幕布即将落地,

若配得上剧中的显要角色,

就不会中断台词而哭泣。

他们懂哈姆雷和李尔快乐[3];

改变着畏怖的众生的快乐。

人追求的一切,找到又失去;

黑灯;照进头颅的天国:

演绎到了极致的悲剧。

哈姆雷彷徨,李尔怒狂,

所有的布景都同时降落

在成千上万座舞台之上,

悲剧也不能再发展分毫。

---

[1] 在1690年的波义尼战役中,英王威廉三世击败詹姆斯二世。有民谣描述他使用炸弹的情景。在第一次世界大战中,德皇威廉二世曾使用齐卜林飞艇空袭伦敦。比利是威廉的昵称,故此处一语双关。
[2] 均为英国戏剧家威廉·莎士比亚(1564—1616)笔下的悲剧人物。
[3] 格雷戈里夫人说"悲剧对于死者来说必定是一种快乐",因为他们寻获又丧失了人们所追求的一切。

他们来过：徒步，或乘船，
骑马，骑骡，骑驴，骑驼[1]，
古老的文明遂面临刀剑。
他们同智慧[2]就走向毁灭：
伽里玛科斯刻石如雕铜[3]；
他刻的衣纹，当海风吹袭
这角落，仿佛飘飘飞动；
其作品如今无一站立；
他那棕榈树形的长灯罩
站立的时间不过一夜；
一切都倾倒又被重造，
重造一切者都很快乐。

天青石上刻着俩中国佬，
身后还跟着第三个人；
他们头上飞着只长腿鸟[4]，
那是延年益寿的象征；
第三位无疑是个仆人，
怀里抱持着一件乐器。

---

[1] 指埃及人、阿拉伯人、基督教徒和伊斯兰教徒。
[2] 指古希腊人及其文明。
[3] 伽里玛科斯：前五世纪希腊雕刻家，发明以旋凿雕刻衣纹，曾为雅典守护神庙制作过一盏金灯及一个棕榈树形的青铜长灯罩。
[4] 指仙鹤。

石上每一片褪色的斑痕，
每一处偶然的凹窝或裂隙
都像是一道河流或雪崩，
或依然积雪的高坡峻岭，
虽然梅花或樱枝很可能
熏香了半山腰那座小凉亭——
中国佬正朝它攀登；我乐于
想象他们在那里坐定；
在那里，凝望山峦和天宇，
注视一切悲剧的场景。
有一位要听悲悼的曲风；
娴熟的手指就开始弹拨。
他们皱纹环绕的眼睛，
苍老、炯炯的眼睛，快乐。

甜美的舞女 [1]

那女孩去那里跳舞,
在花园中落叶缤纷,
新剪的柔滑草坪上;
逃离她苦涩的青春,
逃离她周围的人群,
或笼罩她的乌云。
舞女啊,甜美的舞女!

若生人从那楼里来
要把她带走,可别说
她觉得疯了很快乐;
悄悄拉他们到一侧;
且让她跳完她的舞,
让她跳完她的舞。
舞女啊,甜美的舞女!

---

[1] 此诗作于1937年1月。玛格特·儒多克(1907—1951):本名玛格特·柯利斯,英国演员、诗人,著有诗集《柠檬树》(1937);叶芝为之作序。叶芝曾说她的诗艺越来越糟,劝她停止写诗。她因此想自杀,那样一来她的诗就有可能传世。一天她冒雨跳进海里,又想到她热爱生活,遂开始在海滩上跳舞。翌日,她去了巴塞罗那,在那里发了疯。

三丛灌木 [1]

> 米歇尔·德·布尔代叶神父《我的时代的历史》中记载的一件事。

贵妇曾对情郎说,

"没人能够依赖

缺乏资粮的爱情;

假如爱人已离开,

你怎能唱那些情歌?

小伙子,我应受责怪。"

  哦乖乖,哦乖乖。

"在你屋里别点灯,"

那娇美贵妇叮嘱,

"我好在夜半时分

偷偷爬上你床铺;

若看见自己偷情,

我怕会倒地死去。"

  哦乖乖,哦乖乖。

---

[1] 此诗作于 1936 年 7 月,是根据多萝茜·韦尔斯利的一首谣曲所作的改写,其本事来源系虚构。

"我秘密爱着一个人,
亲爱的丫头,"她说,
"我知道必倒地而死,
假如说他不再爱我;
可假如我失去贞洁,
除倒地而死能如何?"
　　哦乖乖,哦乖乖。

"你就得躺在他身旁,
让他以为我在床,
也许我们都一样,
在没有灯烛的地方;
也许我们都一样,
一旦把身上都脱光。"
　　哦乖乖,哦乖乖。

半夜钟鸣狗不咬;
听着钟声,她会说:
"我这个主意真不错,
情郎看上去很快活";
看侍女整天打瞌睡,
她又不禁长叹嗟。
　　哦乖乖,哦乖乖。

"不是别的歌,"他说,
"因为在一年以前,
我的情妇第一次
半夜来到我房间;
钟声开始鸣响时,
我得躺在被单间。"

  哦乖乖,哦乖乖。

"又笑、又叫的圣歌,
一首色情歌。"他们说。
有谁曾听过这种歌?
只那天他们听过。
有谁曾跑过这种马?
没有,直到他跑过。

  哦乖乖,哦乖乖。

可他的马把蹄子
陷进了兔子洞里,
他一头栽地而死。
他的情妇全看见,
也倒地而死,因为她
用她的灵魂把他爱。

  哦乖乖,哦乖乖。

那侍女活了很久，
照看着他们的坟墓，
在那里种两株灌木，
好让它们长大后
仿佛生自一条根，
玫瑰花也混在一处。

　　哦乖乖，哦乖乖。

在她衰老临死前，
教士来到她身旁；
她做了彻底的告解。
他久久盯着她脸庞，
哦，他是个善心人，
理解她的情况。

　　哦乖乖，哦乖乖。

他教人把她葬在
女主人的男人一侧，
在墓上种一株玫瑰。
如今世人在那里
摘玫瑰，谁也不知
那根茎始于哪里。

　　哦乖乖，哦乖乖。

贵妇的第一支歌 [1]

我转身四顾,

像哑兽演出,

不知我何物,

不知我去处;

语言被锤炼

成一个名字;

我在恋爱中,

这令我羞耻。

伤害灵魂者

我灵魂爱慕,

还不如一个

四条腿走兽。

---

[1] 此诗作于1936年11月20日。叶芝称"它本身并不很好,但会强化〔《三株灌木》的〕戏剧性"(《威·巴·叶芝致多萝茜·韦尔斯利论诗书信集》,伦敦:牛津大学出版社,1940年,页115)。

贵妇的第二支歌 [1]

什么样男人将前来
卧在你双脚之间?
我们不过是女人。
沐浴;使身体香甜;
我有好多橱干香料
可用来点缀床单。
　　　　主会怜悯我们。

他将爱我的灵魂,
就仿佛肉体无存;
他将爱你的肉体,
而不受灵魂纠纷;
爱填充爱的两部分,
却保持他形质完整。
　　　　主会怜悯我们。

灵魂必须学一种

---

[1] 此诗作于1936年7月。

适合我胸怀的爱；
肢体学一种高等
动物都同有的爱。
假若灵魂看，肉体触，
哪一个更有福气？
    主会怜悯我们。

贵妇的第三支歌 [1]

假若你和我的情郎相遇,
他在你双脚间弹奏乐曲,
可不要妄说灵魂的坏处,
也不要以为肉体是全部——
因为我是他白天的女人,
了解肉体有更坏的弊病——
而应该把他的爱情分割,
以至谁都没有足够份额,
好让我听见——若我们接吻——
毒蛇发出的嗞嗞相和声;
你呢,如果手摸索到大腿,
会听见辛劳的诸天叹息。

---

[1] 此诗作于1936年7月。

情郎的歌 [1]

鸟雀把天空向往；

思绪不知欲何往；

精子把子宫向往。

此刻安息同降落

在心灵，在巢窠，

在绷紧的大腿上。

---

[1] 此诗作于 1936 年 11 月 9 日。

一亩草地 [1]

图画和书籍仍在;
如今体力衰耗,
用以养气和健身
还有一亩青草;
夜半,一幢老屋,
无动静,除了一只鼠。

我不为外物所动。
在这生命尽头,
无论松弛的想象
还是消耗骨头
和破布的心灵之磨
都不能把真理传播。

请赐我老人的狂热。
我须为自己重铸
米开朗琪罗所熟知,

---

[1] 此诗作于 1936 年 11 月叶芝晚年在都柏林居住的河谷别墅。

能够穿云破雾，

或受狂热的激动，

把僵尸撼醒的心灵——

老人的雄鹰心灵，

直到我成为泰门

和李尔[1]或敲打墙壁，

直到真理听从

召唤的威廉·布雷克，

否则被人类忘却。

---

[1] 泰门和李尔：分别是莎士比亚悲剧《雅典的泰门》和《李尔王》中的人物。

给多萝茜·韦尔斯利 [1]

伸向那树林里没有月亮的中夜,
仿佛那只手能够到树木站立处;
而它们不过是名牌老家具陈设,
摸起来令人愉悦;握紧那只手,
仿佛想要把它们拉近些。

    内心
充满了夜的那种最感性的静寂
(地平线购得,陌生的狗已安静), [2]
上楼去到你满是书的内室等待,
没有书跪着,空无一人在那里,
只有一只大丹狗 [3],它无月可吠,
此刻正躺倒沉睡。

     什么在登梯?
绝不是平庸的女人沉思的东西,

---

[1] 此诗作于 1936 年 8 月,原题《致一位朋友》。多萝茜·韦尔斯利(1889—1956):英国诗人、韦灵顿公爵夫人、叶芝晚年的朋友。
[2] 多萝茜·韦尔斯利曾购置了数英亩土地,把该地区原住居民连同他们的狗一起逐出。
[3] 多萝茜·韦尔斯利的爱犬布鲁图斯。

若你不负我期望!既不是"满足"
也不是满足的"良心",而是往昔
某些名作家讹传的那伟大家族——
骄傲的复仇三女神[1]高举着火炬。

---

[1] 希腊神话中专司惩罚犯罪之人的女神,为克洛诺斯和夜女神的女儿。

伟大的日子

为革命欢呼,让更多大炮轰击;
马背上的乞丐[1]鞭打徒步的乞丐。
为革命欢呼,让大炮再度轰击;
乞丐们换了位置,但鞭打继续。

---

[1] 爱尔兰有谚语云:"把乞丐放到马背上,他就会驰往地狱。"

帕内尔

帕内尔一路走来,他对一欢呼的人讲:
"爱尔兰将获得自由,你将仍旧采石方。"[1]

---

[1] 在采石场做苦力的通常是赤贫之人,如乞丐之类。

马　刺[1]

你认为可怕的是情欲和愤懑
竟然向我的暮年献殷勤；
我年轻时它们算不得大祸殃；
还有什么能刺激我歌唱？

---

[1] 此诗作于 1936 年 10 月 7 日，最初发表于《伦敦信使》1938 年 3 月号。叶芝 1936 年 12 月 4 日致信多萝茜·韦尔斯利称"我的诗全都出自愤怒或情欲"；12 月 9 日的信附以此诗，称之为他的"最后辩解"。12 月 11 日，叶芝又将此诗寄给艾瑟尔·曼宁，冠以"某些事情逼得我发疯；我的舌头失去了控制"句。

朝圣者

我只吃面包喝淡奶,斋戒了大约四十天,
因为与穿破布或丝绸,身披乡土披肩
或巴黎大氅的女孩轮饮,曾令我智迷;
女人有什么用处,她们会说的只是
呋儿嘚喽儿嘚啰哩噢。

我脚踏砾石走遍德戈湖[1]的圣岛周遭;
我五体投地在所有的苦路站[2]前祈祷;
在那里我遇到一老人;尽管我整天祷告,
但我旁边那老人,什么也不说,除了
呋儿嘚喽儿嘚啰哩噢。

都知道世上的死者都滞留在那附近,
假如母亲要寻找儿子,她不会有好运;

---

[1] 德戈湖:多呐戈尔郡和费尔玛纳郡交界处一小湖,是爱尔兰最重要的朝圣地,湖中有岛,岛上有洞,人称"圣帕垂克的炼狱",据传圣帕垂克曾在那里禁食斋戒,看见过另一个世界的异象。
[2] 指模拟耶稣身背十字架走向受难处所经路程,沿路歇息处为一站,有图画或雕塑表现相应故事场景,通常十四幅或座组成一系列,天主教会称之为"苦路十四处"。

因为炼狱[1]的烈火把他们形骸已吞噬；
我对神发誓我问过他们，他们说的是
呋儿嘚喽儿嘚啰哩噢。

我在船上时一只毛蓬蓬的大黑鸟出现；
从翅尖到翅尖伸展开来有二十尺宽，
噼噼啪啪扇动着翅膀，它大肆炫耀，
可我不停问，船工能说什么，除了
呋儿嘚喽儿嘚啰哩噢。

如今我待在酒吧里，身子靠在墙壁上，
那就来吧，穿破布或丝绸，身披大氅
或乡土披肩，跟文雅的情郎或随便谁一起，
因为我可以把一切都放下，要说的不过是
呋儿嘚喽儿嘚啰哩噢。

---

[1] 在天主教神学中，炼狱是注定要升入天国的灵魂死后经烧炼而涤除污秽的处所。

给桂冠诗人的范本 [1]

从中国到秘鲁宝座之上
曾坐过各式的王与帝,
被各式各样的男人女人
赞颂为既伟大又仁慈;
那又有什么要紧,假如
这样的大人物为国事
竟然让他们的爱人久等,
  让他们的爱人久等。

有人自称乞丐王和黑白
恶棍王,他们之称霸

---

[1] 桂冠诗人是享受英国皇室薪俸而为其庆典场合提供颂诗的宫廷御用诗人的终身荣誉称号。当时的桂冠诗人约翰·梅斯菲尔德(1878—1967)为庆祝英王乔治六世(1895—1952)登极写了一首《为国王的在位祈祷》(《泰晤士报》1937年4月28日)。乔治之继位是因其兄爱德华八世(1894—1972)为娶沃丽丝·辛普森太太而逊位的结果。叶芝此诗作于1937年7月,原题《结婚颂》,是为爱德华八世逊位而作的。叶芝称:"假如我被聘为桂冠诗人,这就是我愿意写的东西,这也许说明为什么我没有被聘为桂冠诗人。"(《威·巴·叶芝致多萝茜·韦尔斯利论诗书信集》,牛津大学出版社,1964年,页141)

是因为有条强壮的右臂
让所有人都感到害怕,
无论醉醒都悠闲地度日——
没有人跟他们争高下——
并且让他们的爱人久等,
　　让他们的爱人久等。

诗神默然,当社会名流
为现代的王权鼓掌时:
那些可以被买卖的欢呼,
那傻瓜管理的办公室,
那火漆封印,花押签名。
为这些玩艺,好男子
谁愿意让他的爱人久等?
　　让他的爱人久等?

那些形象 [1]

假如我叫你离开
心灵的洞穴如何?
在阳光清风之中
运动健身更适合。

我从来不曾教你
去莫斯科或罗马;
放弃那乏味工作 [2],
把缪斯 [3] 召唤回家。

去寻觅那些形象:
它们把狂者构成,
构成雄狮和处女,
构成娼妓和孩童。

---

[1] 此诗作于1937年8月。
[2] "乏味工作"指参加政治活动。当时德、意法西斯主义的崛起令欧洲知识分子担忧,而苏俄的社会主义成就令他们兴奋和幻想。
[3] 九缪斯是希腊神话中艺术和科学的保护神。

去在半空中找到
一只展翅的鹰隼,
认清那五种类型,
它们使缪斯歌吟。

老年人为什么不该发狂 [1]

老年人为什么不该发狂?
有人说有少年前途无量
曾是个手腕健壮的钓者,
却变成醉酒的新闻记者;
有个少女把但丁都背熟,
却毕生给白痴生儿育女;[2]
一海伦梦想着社会福利,
爬到马车上尖声地呼吁。[3]
人道是这理所当然:机遇
让好人挨饿,让坏人得志,
假如说邻人清晰地显像,
如在灯光通明的屏幕上,
他们就觉得没有哪一个
完整快乐的心灵的小说

---

[1] 此诗作于1936年1月,1939年作为卷首诗发表于评论小册子《在锅炉上》时无题。
[2] 伊秀尔特·冈能背诵但丁的所有作品。她的丈夫弗朗西斯·斯图亚特被叶芝蔑称为"白痴"。
[3] 在庆祝爱国者沃尔夫·透纳雕像奠基的游行队伍中,叶芝和茉德·冈曾同乘一四轮马车。

有个配得上开头的结尾。
年轻人对这事一无所知,
旁观的老年人了如指掌;
等他们知道了古书所讲,
知道了没什么比这更强,
就知道老年人为何发狂。

最后的诗（1938—1939）

布尔本山下 [1]

一

以那些圣人 [2] 所言起誓——

阿特拉斯的女巫 [3] 熟知,

在马莱奥提湖 [4] 滨附近,

圣人开言,令晨鸡啼鸣。

以那些骑者、女人 [5] 起誓——

他们的形容超凡绝世;

面孔白皙瘦长的群体

显出一种不朽的神气,

曾使其情热得以完成;

---

[1] 布尔本山位于爱尔兰西部斯来沟郡,斯来沟镇北。此诗被一般编辑者排在叶芝诗集的最后,是叶芝一生思想的总结,表达他对今生和来世的信念,带有预言性质。

[2] 指埃及底比斯附近沙漠中早期基督教的传道使徒。或说亦指佛教和印度教的苦行者。

[3] 用雪莱《阿特拉斯的女巫》典故。女巫能在马莱奥提克湖水中洞察事物的真实性,乃灵魂之象征。

[4] 今名厄尔马亚湖,在埃及亚历山大港南。

[5] 传说布尔本山上有超自然存在的幻影,爱尔兰神话中许多事件也发生在此山上。此节与前一节代表叶芝信仰体系的两个重要来源:一是东方的神秘宗教,一是爱尔兰民间迷信。

如今踏着寒冬的黎明
他们驰过布尔本山[1]下。

以下是他们示意的精华。

二

许多回人死而复生，
在他的种族和灵魂
这两个永恒间轮回，
古老的爱尔兰悉知。
无论是寿终于床榻，
还是遭横暴死枪下，
人最为惧怕的却是
与亲爱者短暂别离。

铁锹锋利，肌肉强健，
尽管掘墓人苦作不断，
他们不过将下葬之人
重新抛回人类心灵中。

三

"主啊，给当今降下战争！"

---

[1] 叶芝曾提到布尔本山高处有一人不能至的岩洞，传说是"仙境之门"，半夜时分会有"仙军"从中冲出。(《神话集》，页 70 和 90)

听过米切尔[1]祈祷之人,

你们深知话都说尽时,

一个人战斗至狂之时,

有物落自久瞎的眼睛,

完善了他那未竟心灵,

悠然地伫立一时片刻,

放声大笑,心气平和。

就连最睿智之人亦因

某种暴力而紧张万分,

在他完成宿命,熟练

艺业或选定伴侣之前。

四

诗人兼雕塑家,努力工作,

不要让时髦的画家避躲

他那些伟大祖先的业绩;

把人类的灵魂引向上帝,

让他把摇篮填充得恰当。

我们的力量肇始于度量:

---

[1] 约翰·米切尔(1815—1875):爱尔兰民族主义者,因从事反英斗争而被捕。引语来自他的《狱中日志》。

——古板的埃及人[1]构思的形式,
温文的菲狄亚斯造就的形式。

在那西斯廷礼拜堂穹顶,
米开朗琪罗留下了证明;
那上面唯有半醒的亚当[2]
能撩拨周游世界的女郎,
直到她禁不住欲火中烧;
证明那秘密运作的头脑
早就有一个意图定在先:
宁冒渎神圣把人类完善。

在神或圣徒的背景里面,
十五世纪[3]用油彩曾增添
供灵魂自在栖息的花园;
在那里一切寓目的东西,
鲜花、绿草和无云的天际,
肖似实在或仿佛的形式;

---

[1] 希腊哲学家普罗提诺(205—270)据说生于埃及的吕科波利斯。他反对柏拉图的艺术是模仿之模仿说,认为艺术能直接回到万物之源理念;艺术作品具有独立性,能补自然美之不足。
[2] 意大利画家米开朗琪罗·波那罗蒂(1457—1564)在梵蒂冈西斯廷教堂穹顶绘制著名的壁画《创世记》,其中有裸体的亚当。
[3] 十五世纪文艺复兴初期画家(尤指达·芬奇)崇尚宗教美,这与前一节崇尚人体美的艺术风格形成对照,二者各代表传统的一面。

那时候眠者已醒却仍在

做着梦,梦境已消失,只剩

床架和床垫时,依然宣称:

天国曾敞开。

　

螺旋转不休;

在那更伟大的梦逝去之后,

卡尔佛、威尔逊、布雷克和克劳德[1]

为上帝的子民准备了安歇——

帕尔莫的名言[2];但从此以往,

混乱降临在我们的思想上。

五

爱尔兰诗人,把艺业学好,

要歌唱一切优美的创造;

要鄙弃时兴的从头至足

---

[1] 爱德华·卡尔佛(1799—1883):英国画家。理查德·威尔逊(1714—1782):英国画家。威廉·布雷克(1757—1827):英国诗人兼版画家。克劳德·洛兰(1600—1682):法国画家。他们代表传统艺术的继承者。

[2] 塞缪尔·帕尔莫(1805—1881):英国画家。他曾评论布雷克为维吉尔作品的英译本所作的插图说:"它们像那位卓越的艺术家的所有作品一样,拉开了肉体的帷幕,窥见了所有虔诚勤勉的圣徒享受过的、那存留给上帝的选民的安息。"(《塞缪尔·帕尔莫传及书信》,伦敦,1892年,页15—16)他实际上是间接引用《新约·希伯来书》第4章第9节:"这样看来,必另有一安息日的安息,为神的子民存留。"

全然都不成形状的怪物,
他们不善记忆的头和心
是卑贱床上卑贱的私生。
要歌唱田间劳作的农民,
要歌唱四野奔波的乡绅,
要歌唱僧侣的虔诚清高,
要歌唱酒徒的放荡欢笑;
要歌唱快乐的侯伯命妇——
经过峥嵘的春秋七百度[1],
他们的尸骨已化作尘泥;
把你们的心思抛向往昔,
我们在未来岁月里可能
仍是不可征服的爱尔人。

六

不毛的布尔本山头下面,
叶芝葬在竺姆克利夫墓园;
古老的十字架立在道旁,
邻近坐落的是一幢教堂,
多年前先祖曾在此讲经。[2]

---

[1] 自十二世纪爱尔兰被诺曼人征服至二十世纪。
[2] 叶芝的曾祖父约翰·叶芝(1776—1846)在 1811—1846 年间任斯来沟郡竺姆克利夫(盖尔语,意为"柳焰之山脊")教堂教区长。叶芝遗骸于 1948 年 9 月 17 日迁葬于竺姆克利夫,墓碑上镌刻着此诗末尾的三行墓志铭。

不用大理石和传统碑铭,

只就近采一方石灰岩石,

遵他的遗嘱刻如下文字:

冷眼一瞥[1]

看生,看死。

骑者,驰过!

1938年9月4日

---

[1] 在叶芝1938年8月15日致多萝茜·韦尔斯利的信中,此行之上原来还有一行"提缰,提气"。

雕　像 [1]

毕达哥拉斯设计 [2]。人们凝视为何？
他的数虽然活动或仿佛活动在
大理石或青铜里，但是缺乏性格。
但由于对孤单床铺的想象之爱
而苍白的少男少女懂它们是什么，
懂情欲能够把足够的性格带来，
半夜里把活人的嘴唇在某个广场
贴在一张用锤规度量的面孔上。

不，比毕达哥拉斯更伟大，因为是
那些用锤子或凿子把这些算数
塑造得像天然肌肤一样的匠师，
摧毁了亚细亚模糊的庞然大物，
而不是那些游动在萨拉米斯
万头涌动的浪涛上的战船樯橹 [3]。
欧洲逐退了那浪涛，当菲狄亚斯

---

[1] 此诗作于 1938 年 4 月 9 日。
[2] 毕达哥拉斯是黄金分割律的发现者。
[3] 希腊人于公元前 480 年在萨拉米斯战役中击败了波斯人。

给女人以梦想,给梦想以镜子之时。

一形象渡过那万头涌动者,端坐
在热带凉荫下,渐渐变浑圆迟滞[1],
不似吃苍蝇而羸瘦的哈姆雷特,
似肥胖的梦想中古之人[2]。空眸子
懂得知识徒增虚妄,懂得
镜中之镜像即是全部现示。
铜锣螺号宣告祝福的时辰时,
灰毛狸猫[3]就爬向佛陀的空寂。

当时皮尔斯[4]召唤库胡林来加盟,
什么曾大步出邮局[5]?什么智力,

---

[1] 公元前326年马其顿国王亚历山大大帝征服印度西北部,给传统的佛像雕塑艺术带去了希腊影响。
[2] 在《帷幕的颤动》(1922)中,叶芝曾提到"一个无需理智以保持清醒的头脑,尽管它沉湎于各种幻想:梦想中古之人。它是'仙女的傻子……山一样宽广狂野',是坚定的欧洲形象,还半记得佛陀的寂然不动的禅定,与那摇摇晃晃、憔悴的忍饥挨饿的沉思形象毫无共同之处,后者由于我们舞台上的某些哈姆雷特形象而只能充填心目"(《自传》,伦敦,1955年,页141—142)。
[3] 原文音译革里毛金:猫的名字,如见于莎士比亚的悲剧《麦克白》中者。
[4] 皮尔斯:见《一九一六年复活节》一诗注。
[5] 叶芝曾告诉一友人说:"库胡林之所以在最后一节里是因为皮尔斯及其部分追随者崇拜他。政府在重建的邮政总局里安置了一尊库胡林的雕像以纪念此事。"(《书信集》,页911)都柏林邮政总局是1916年复活节起义的发生地。

什么计算、数字、量度,曾响应?
我们爱尔兰人,生入那古老宗派,
却被抛到这污浊的现代潮流中,
被它那丑陋、激增的忿怒摧毁,
爬上我们合适的暗处吧,好摸索
一张用锤规度量的面孔的轮廓。

给德尔斐神谕的消息 [1]

一

那里,全躺着金肤的老家伙 [2],

那里,银色露滴

和浩淼的海水为爱情叹息,

就连风也叹息。

勾引男人的尼娅芙 [3] 在草地上

倚着乌辛叹息;

那里,高大的毕达哥拉斯

在爱情合唱队中叹息。

普罗提诺到来,四下张望,

胸上沾着盐渍, [4]

欠伸了片刻,然后躺下来

像别人一样,叹息。

---

[1] 德尔斐是古希腊城市,其中的阿波罗神殿以神谕灵验著称。
[2] 指乐土的居民。此节写老年人。
[3] 古爱尔兰诸神称为图阿莎·德·妲南,即妲奴女神的部族。尼娅芙是妲奴部族中的美女。她曾把武士兼诗人乌辛诱引到她们的国度"青春之乡"。
[4] 在《关于普罗提诺的德尔斐神谕》一诗中,叶芝写道:"那伟大的普罗提诺游泳"到乐土,可见其胸上盐渍是海水干后所留。有论者认为是指其所患麻风病症,恐不然。

二

各自骑跨在海豚的背上，[1]

抓一片背鳍稳坐，

那些无辜者重历死亡，[2]

创伤再度绽破。

狂喜的海水因他们的喊声

美妙且陌生而大笑，

依它们祖传的样式跳舞；

野性的海豚蹿跳，

直到在峭壁掩蔽的海湾

抛下背上的负担；

爱情合唱队涉水相迎，

献上神圣的桂冠。

三

被仙女剥光的细瘦少年，

珀琉斯对忒提斯[3]凝眸，

---

[1] 据新柏拉图主义神话，人死后灵魂由海豚驮往极乐之岛。
[2] "无辜者"指希律王为除掉耶稣基督而下令枉杀的婴儿，事见《新约·马太福音》第2章第16节。此节写婴儿。叶芝相信，死者会反向重历生前往事，然后再生。此诗结构即老年而婴儿而胎儿的倒序。
[3] 在希腊神话中，阿耳戈英雄之一珀琉斯捉住山林仙女忒提斯并与之成婚。爱尔兰国家美术馆藏有浦森的油画《珀琉斯与忒提斯结婚》。

她肢体像眼皮一样娇嫩,

爱使他泪眼模糊。

可是忒提斯用肚子倾听。[1]

从潘[2]的洞穴所在处

沿山岩峭壁往下泻落

绝妙的音乐之瀑。

丑陋的羊头、兽类的手臂、

肚皮、肩膀、屁股,

闪现似鱼;众仙女与半羊怪

在那水花里交媾。

---

[1] 忒提斯与珀琉斯生英雄阿喀琉斯。此节写胎儿。
[2] 参见《潘的祭司》一诗注。据说潘之死标志着异教世界的终结和耶稣基督的诞生。此处潘的音乐则象征基督教文明之后对立文明的复兴。

长足虻 [1]

为使大战不失败,

文明不沦丧,

请让狗安静,拴住马

在远处柱子上。

主公恺撒 [2] 在营帐里,

地图摊开,

双眼茫然无睹,

一手托腮。

像溪水之上一只长足虻,

他心思游动在静寂上。

为使高塔遭焚毁,

人怀念那容颜,

---

[1] 此诗作于1937年11月至1938年4月间。长足虻:双翅目长足虻科昆虫。形小,蓝或绿色,有金属光泽。捕食较小的昆虫,见于阴湿的沼泽周围(《简明不列颠百科全书》,中国大百科全书出版社,1985年)。

[2] 盖尤斯·尤力乌斯·恺撒(前102或前100—前44):古罗马独裁官,著有《高卢战记》。

若必需，请极轻走过
这寂寞的地面。
似妇人，更像孩儿，她[1]以为
没人看；双脚
练习着街头学来的
流浪者的舞蹈。

像溪水之上一只长足虻，
她心思游动在静寂上。

为使怀春女初见
心目中亚当，
请关紧教皇圣堂门，
把孩子们阻挡。
那里，脚手架上仰躺着
米开朗琪罗。
他动静轻如鼠爪，
手来回动作。

像溪水之上一只长足虻
他心思游动在静寂上。

---

[1] 指年轻时的特洛伊的海伦。

一炷香 [1]

那所有的骚动都来自何处,
是来自空墓或圣处女 [2] 之腹?
圣约瑟 [3] 心想这世界将消亡,
却喜欢他手指散发的馨香。

---

[1] 香料被认为是耶稣诞生不久,东方三贤敬献的礼物之一。
[2] 圣处女即耶稣之母马利亚。
[3] 圣约瑟是马利亚的丈夫。

约翰·金塞拉对玛丽·穆尔太太的哀悼 [1]

一

血腥而又突然的结局,

  由于枪击或绞索,

死亡夺去人想守护者,

  留下人愿失去者。

他本来可以拥有我妹妹,

  我的表姐妹几十个,

可什么也满足不了那傻瓜,

  除了我亲爱的玛丽·穆尔;

别人都不知如何使男人

  在桌前或床上快活。

既然我的鸨儿已死掉,

  我能为漂亮妞做什么?

---

[1] 此诗作于1938年7月,原题为《一个健壮的农夫对死亡的抱怨》。约翰·金塞拉和玛丽·穆尔太太均为虚构的人物。

二

虽说在讨价还价之时
  比老犹太人还要难缠,
可她一讲定,我们就言欢,
  把坛坛罐罐喝干;
哦!唯有她有许多故事——
  尽管不适合神甫听——
可保持人的灵魂活跃
  驱除衰老和忧心;
由于年老,她讲的一切
  都披上一层皮膜。[1]
既然我的鸨儿已死掉,
  我能为漂亮妞做什么?

三

我曾经在教堂里面听说
  要不是亚当的罪愆[2],
伊甸园应当依然存在,
  而我也会在里边。
那里没有期望会落空,

---

[1] 爱尔兰有俗语"给故事披上一层皮",意谓润饰,使之可信。
[2] 上帝因亚当偷吃禁果而把他逐出伊甸园,事见《圣经·旧约·创世记》第 3 章第 17—19 节。

没有良俗会结束,
没男人变老,没少女变冷,
　只有朋友相伴走;
那里人们从树上摘食吃
　没人为半分钱口角。
既然我的鸧儿已死掉,
　我能为漂亮妞做什么?

高　谈 [1]

缺少高跷[2]的游行队伍没什么可引人注目。
假如我的曾祖父有过高达二十尺的一副,
我的不过才十五尺,现在没有人踩得更高,
世俗无赖偷了去修篱笆或烧了又如何是好。

因为花斑马、链牵熊、笼中狮只会拙劣表演,
因为孩子们要求长腿爹踮起木头脚尖,
因为楼上的女人们要求有张脸在窗外嬉闹,
好让在补旧袜子的她们惊叫,我操起凿和刨。

我乃玛拉基·高跷杰克[3],我所学都不拘形式,

---

[1] 此诗作于1938年7—8月间,最初发表于当年12月的《伦敦信使报》和《国民》上。
[2] 叶芝在《牛津现代诗选》序言中写道,十九世纪九十年代结束后,"人人都从高跷上下来了;从此再没人就着清咖啡喝苦艾酒了;没人发疯了;没人自杀了;没人加入天主教会了"。他在致多萝茜·韦尔斯利的信中写道:"我现在开始踩偷来的马戏团高跷了。"
[3] 玛拉基("我的使者")是《圣经·旧约·玛拉基书》的假定作者;圣·玛拉基(1095—1148)是爱尔兰著名圣徒;玛拉基·穆里根是詹姆斯·乔伊斯(1882—1941)在小说《尤利西斯》(1922)中给叶芝的朋友奥利佛·圣约翰·郭伽蒂(1878—1957)取的化名。但此处很可能是叶芝虚构的一个人物。

从衣领到衣领,从高跷到高跷,从父亲到孩子。

全是比喻,玛拉基、高跷及一切。北极黑雁
高飞在辽阔夜空;夜幕撕裂,曙光迸溅;
我,穿过极新鲜的昼色,阔步前行,前行;
那些庞大的海马露出牙齿[1],嘲笑黎明。

---

[1] 海浪被认为是海神曼南南的群马,其牙齿应指白色的浪花。叶芝在给《他教爱人平静下来》一诗所作的注(1899)中写道:"曼南南的群马常常与海浪相关联。"(《校勘本》,页 808)

鬼　影 [1]

因为受嘲弄安全无害
所以我谈起一个鬼怪；
我不屑费力让人信服，
或对理智之人讲依据，
我不信那种寻常眼光，
无论它狡黠还是狂妄。
　我曾见过十五个鬼影；
　最糟的是衣架撑着衣裳。

我没发觉有什么好过
长期经营的半隐居所，
在此我可与某个朋友
半夜不眠，而他具有
每当我玄而又玄之时，
他却不动声色的本事。
　我曾见过十五个鬼影；

---

[1] 此诗作于1938年3—4月间，最初发表于1938年12月的《伦敦信使报》。鬼影：叶芝于1938年1月在马略卡岛病后做的一系列梦中所见死神。

最糟的是衣架撑着衣裳。

人变老了,他的欢乐
一天比一天更加深刻,
他空虚的心终于充实,
但他需要那全部力气,
因为渐渐浓厚的夜幕
敞开她那神秘和恐怖。
我曾见过十五个鬼影;
最糟的是衣架撑着衣裳。

政 治[1]

> "在我们的时代,人的命运以政治形态呈现其意义。"
> ——托马斯·曼

那女孩站在那儿,我怎能

集中我的思想

在罗马或者俄罗斯

或者西班牙的政治上?

这儿倒有位多识之士

清楚他谈论的是什么;

那儿还有位既博学

又有思想的政客;

也许他们说的是真的——

关于战争和战争警报;

可是啊,要是我再度年轻,

把她搂在怀里该多好。

---

[1] 1938年3月,《耶鲁评论》刊登了美国诗人阿奇波尔德·麦克利什的《诗歌中的公共话语与私人话语》一文。文中赞扬了叶芝诗里的"公共话语",但暗示他应当把这种话语用于写政治题材。叶芝即于5月23日作此诗作答。他说此诗所据并非"一个真实事件,而是片刻的冥想"。原题作《主题》。作为题记的德国小说家托马斯·曼(1875—1955)的那句话也转引自麦克利什的文章。

叶芝年表

1862 年　　W. B. 叶芝牧师（祖父）于都柏林桑地蒙堡逝世。

1863 年　　约翰·巴特勒·叶芝（父亲）与苏珊·玛丽·波莱克斯芬在斯来沟结婚。

1865 年　　6 月 13 日，威廉·巴特勒·叶芝出生于都柏林市桑地蒙特大道一号。

1866 年　　8 月 25 日，苏珊·玛丽·叶芝（丽丽）出生于斯来沟附近。

1867 年　　父亲弃法学而从绘画，全家迁居伦敦。

1868 年　　3 月 11 日，伊丽莎白·柯伯特·叶芝（萝丽）出生于伦敦。全家在斯来沟度夏。

1871 年　　8 月 29 日，约翰·巴特勒·叶芝（杰克）出生于伦敦。

1871—1875 年　　父亲借助于司各特和莎士比亚的作品对叶芝进行"人格"教育。

1874 年　　全家移居伦敦西肯星顿区伊蒂斯住宅区 14 号。

1875—1880 年　　就读于伦敦汉默史密斯区的郭德尔芬小学，在校常受欺负；回斯来沟外祖父母家度假。

1880 年	因土地战争,全家迁回爱尔兰都柏林市厚斯区,以照管基尔达尔的地产;家庭经济陷入拮据状况。入读都柏林的埃拉斯姆斯·史密斯中学。
1882 年	自认为爱上了远房表姐劳拉·阿姆斯特朗。开始写诗。
1884 年	入读都柏林首府艺术学校。与乔治·拉塞尔(Æ)同学。父亲因叶芝拒绝上三一学院而失望。
1885 年	两首抒情诗(其一是《雕像之岛》)发表在《都柏林大学评论》3月号上。创立都柏林秘术学会,任主席。结识凯瑟琳·泰南。
1886 年	弃画从文。初遇约翰·欧李尔瑞。开始阅读爱尔兰诗人的作品。初次体验降神会。发表戏剧诗《摩萨达》。开始写《乌辛漫游记》。
1887 年	全家迁回伦敦。加入布拉瓦茨基夫人通灵学会理事会。初次在英国杂志上发表诗作。成为两家美国报纸(《神意星期日报》和《波士顿导航报》)的文学撰稿人。会见前拉斐尔派艺术家。母亲两度发病。
1888 年	会见威廉·莫瑞斯、乔治·伯纳·萧、威廉·亨利和奥斯卡·王尔德。编辑《爱尔兰农村民间传说故事集》。在斯来沟外祖父母家度夏。家里卖掉地产。

1889 年　　轻度虚脱。第一本诗集《乌辛漫游记及其他》出版。在牛津大学出版社做编辑、抄写工作。与埃德温·艾利斯合编威廉·布雷克诗集。经欧李尔瑞之妹介绍结识茉德·冈。

1890 年　　诗作《湖岛因尼斯弗里》发表于《国民观察家报》。

1891 年　　在伦敦创立诗作者俱乐部和爱尔兰文学会。在都柏林创立民族文学社，由欧李尔瑞任社长。小说《约翰·舍曼》和《托亚》发表。向茉德·冈求婚。

1892 年　　《女伯爵凯瑟琳及各种传说和抒情诗》和《爱尔兰精灵故事》出版。《女伯爵凯瑟琳》上演。两篇关于"罕拉汉"的短篇小说发表。外祖父母逝世。

1893 年　　《凯尔特的曙光》和三卷本《布雷克作品集》出版。三篇短篇小说发表。

1894 年　　2 月，游巴黎，住在麦克格莱戈·梅瑟斯家；同阿瑟·赛蒙斯会见魏尔伦；与茉德·冈同观奥古斯特·维耶尔·德·利勒-亚当的剧《阿克塞尔》。奥斯卡·王尔德被捕。3 月，短篇小说集《隐秘的玫瑰》出版。诗剧《心愿之乡》在伦敦上演。经莱奥内尔·约翰生介绍结识其表妹奥莉维娅·莎士比亚太太。秋，与舅父乔治·波莱克斯芬在斯来沟做秘密法术实验。二访利萨代尔庄园，考虑向伊娃·郭尔-布斯求婚。冬，带慰问信访王尔德。

1895 年　《诗集》出版。编辑《爱尔兰诗选》。移居"圣殿"（伦敦法学学会会所），与阿瑟·赛蒙斯合住。

1896 年　移居沃本小区。与奥莉维娅·莎士比亚私通，初尝性爱之欢。为《卷心菜》杂志撰稿。开始写长篇自传小说《斑鸟》。与阿瑟·赛蒙斯游爱尔兰西部。结识格雷戈里夫人。游阿兰群岛。在巴黎遇见约翰·辛格。加入爱尔兰共和兄弟会。

1897 年　《隐秘的玫瑰》再版。盘桓于库勒庄园两个月；与格雷戈里夫人一同采集民间传说。筹建爱尔兰民族剧院。与茉德·冈在英国巡回讲演，为纪念伍尔夫·透纳募捐。

1898 年　游巴黎、伦敦、都柏林、库勒、斯来沟。在都柏林茉德·冈家遇詹姆斯·康诺利。与茉德·冈缔结"灵婚"。

1899 年　爱尔兰文学剧院首次演出彩排。上演《女伯爵凯瑟琳》。诗集《苇间风》出版并获当年最佳诗集"学院"奖。访茉德·冈于巴黎，再度求婚。

1900 年　母亲逝世。与梅瑟斯发生龃龉，另组"金色

	黎明"伦敦分会。向茉德·冈求婚。退出爱尔兰共和兄弟会。
1901 年	与乔治·穆尔合写的《狄阿米德与格拉妮娅》在都柏林快乐剧院上演。在库勒庄园会见休·雷恩。向茉德·冈求婚。教弗洛伦丝·法尔用八弦琴伴奏朗诵他自己的诗。
1902 年	爱尔兰民族戏剧社成立,叶芝任社长,茉德·冈、道格拉斯·海德、乔治·拉塞尔(Æ)任副社长。茉德·冈主演《凯瑟琳·尼·胡里汉》。在伦敦会见乔伊斯。开始研读尼采。
1903 年	诗集《在那七片树林里》、文论集《善恶观》出版。诗剧《王宫门口》写成。开始在美国麦克米兰公司出书。率民族戏剧剧团访伦敦,演出《沙漏》、《那锅肉汤》和《女伯爵凯瑟琳》。到美国讲演(40 讲),赚到不少酬金。伊丽莎白·叶芝创办丹·埃默出版社(后改名为夸拉出版社)。茉德·冈与约翰·麦克布莱德结婚。与奥莉维娅·莎士比亚重温鸳梦。与弗洛伦丝·法尔发生性关系。
1904 年	艾贝剧院开张,任经理兼舞台监督。《在波伊拉海滨》和《王宫门口》上演。在库勒庄园写成诗剧《黛尔德》。
1905 年	《荫翳的水域》在伦敦上演,旋即被改写。茉

	德·冈与丈夫分居。
1906 年	爱尔兰民族戏剧社改为有限公司,与格雷戈里夫人和辛格一起被提名为董事。《诗集1899—1905》出版。《黛尔德》在艾贝剧院首演。
1907 年	在《西部浪子》风波中为辛格辩护。与格雷戈里夫人及其子罗伯特同游意大利北部,在拉文纳看到拜占庭风格镶嵌壁画。父亲去了纽约。
1908 年	八卷本《诗与散文汇集》出版,早期作品皆经修改。与按摩师兼健身教练梅宝儿·狄更生发生性关系。12月,访已分居的茉德·冈于巴黎,终于得亲芳泽。学习法语。
1909 年	约翰·辛格逝世。编辑辛格的《诗和译作》。遇识埃兹拉·庞德。
1910 年	接受英国王室年金津贴(每年150英镑)及自由参加任何爱尔兰政治活动的免罪权。辞去剧院经理职务。在伦敦讲演,为艾贝剧院筹资。5月,访茉德·冈于诺曼底。《绿盔及其他》出版。与梅宝儿·狄更生的关系出现危机。乔治·波莱克斯芬去世。
1911 年	《为一爱尔兰剧院所作剧》出版。经莎士比亚太太介绍结识乔吉娜·海德-李斯。同格雷戈里夫人访巴黎。
1912 年	率艾贝剧院演出团访美;因上演辛格的《西

部浪子》,演员在费城被捕。在哈佛大学作题为"美的戏剧"的讲演。散文集《玛瑙的切割》在美国出版。在都柏林成立第二个艾贝剧团。与泰戈尔合作翻译孟加拉文《吉檀迦利》。庞德追随叶芝,教他击剑术,并一起朗诵作品。冬,休·雷恩赠画风波。

1913年　8月,庞德作为叶芝的秘书同住于苏塞克斯的斯通别墅。关于休·雷恩赠画风波《沮丧中所作诗》发表。

1914年　1—3月,在美国和加拿大旅行讲演。同茉德·冈一起调查米尔波奇迹,写出未发表的调查报告。庞德与莎士比亚太太之女朵若茜结婚。诗集《责任》出版。开始对家族史发生兴趣。写作《自传》第一部。第三次地方自治议案得到英国王室批准。8月4日,第一次世界大战爆发。

1915年　受庞德影响对日本能乐剧发生兴趣。《在鹰之井畔》写成并上演,由日本舞蹈家伊藤道男主演。拒绝英国骑士称号。休·雷恩在"露西塔尼亚"号事件中遇难。

1916年　4月,都柏林爆发爱尔兰共和兄弟会领导的复活节起义。5月,十五位领导人遇难(包括茉德·冈的丈夫约翰·麦克布莱德)。写成《一九一六年复活节》。访茉德·冈于法

	国。购置巴利里碉楼。向茉德·冈求婚。在茉德·冈之女伊秀尔特帮助下读法国诗。自传第一部《有关童年和少年时代的遐想》出版。
1917年	向伊秀尔特求婚,遭拒绝。10月20日,与乔吉娜·海德-李斯在伦敦结婚。叶芝太太在苏塞克斯度蜜月期间开始扶乩活动。诗集《库勒的野天鹅》出版。
1918年	1—2月,偕妻在牛津。诗剧《埃玛的唯一嫉妒》写成。《借着宁静友好的月色》出版。同妻子监修巴利里碉楼。
1919年	2月,安·巴特勒·叶芝出生。《演员女王》在伦敦首演。夏,迁入巴利里碉楼。拒绝去日本讲学的邀请。
1920年	偕妻子去美国旅行讲演。最后一次见父亲于纽约。阅读历史和哲学,为写作《异象》作准备。诗集《麦克尔·罗巴蒂斯与舞者》出版。
1921年	麦克尔·叶芝出生。《四舞剧》《晚近诗集》出版。
1922年	爱尔兰自由邦宪法使内战加剧。第一任总统阿瑟·格瑞菲斯逝世。2月,购置都柏林梅里昂广场82号。巴利里塔堡前桥梁被共和军炸毁。父亲在纽约逝世。自传第二部《帷幕的颤动》出版。与托·斯·艾略特共进晚

	餐。接受都柏林大学名誉文学博士学位。12月，应邀出任自由邦参议员。
1923年	《勒达与天鹅》写成。11月，获诺贝尔文学奖，赴斯德哥尔摩领奖。写作《瑞典的厚赠》。
1924年	组诗《内战期间的沉思》发表。《随笔集》出版。阅读历史和哲学。患高血压。偕妻子游西西里、卡波里和罗马，参观拜占庭艺术。
1925年	访问米兰。在瑞士讲学。在参议院发表关于离婚问题的演说。《异象》初版。
1926年	自传第四部《疏远》出版。写成《向拜占庭航行》和《在学童中间》。为艾贝剧院改编《俄底浦斯王》。艾贝剧院演出欧凯西的《犁与星》风波。6月，出任新爱尔兰货币委员会主席。
1927年	完成《俄底浦斯在科洛努斯》。在西班牙和法国南部患肺充血。健康状况恶化。
1928年	2月，移居意大利拉帕罗。7月，参议员任期既满，出于健康原因，拒绝连任。诗集《碉楼》出版。写作组诗《或许可谱曲的歌词》。
1929年	夏，在巴利里碉楼最后一次逗留。冬，修改毕《异象》。写成《拜占庭》。《旋梯》出版。《战海浪》(《埃玛的唯一嫉妒》修改版)在艾贝剧院首演。访罗马。12月，在拉帕罗染上马耳他热病。

1930 年	春,在热那亚休养。11月,《窗玻璃上的字》写成并上演。
1931 年	获牛津大学名誉文学博士学位。最后一次与格雷戈里夫人在库勒庄园度夏。在 BBC 贝尔法斯特台做广播讲演。
1932 年	5月,格雷戈里夫人逝世。创建爱尔兰文学院。10月,最后一次旅美讲演,为文学院筹集资金。《或许可谱曲的歌词》出版。在都柏林河谷购置别墅。
1933 年	获剑桥大学名誉文学博士学位。写成诗剧《大钟楼之王》。《旋梯及其他》《诗汇集》出版。对欧达菲的法西斯主义蓝衫运动发生兴趣。
1934 年	接受回春手术。与年轻女诗人玛戈特·儒多克和小说家伊瑟尔·曼宁建立亲密关系。6月,在拉帕罗。初遇惠灵顿公爵夫人多萝茜·韦尔斯利。《轮与蝴蝶》《剧作汇集》出版。
1935 年	乔治·拉塞尔(Æ)逝世。肺出血复发。编辑《牛津现代诗选》。剧与诗集《三月里的满月》、自传第三部《出场人物》出版。七十诞辰庆祝宴会。11月,同师利·普罗希大师去马略卡岛过冬,协助他翻译《奥义书》。
1936 年	哮喘。6月,在都柏林拉斯凡汉"河谷"别墅。在英国广播公司(BBC)作关于现代诗歌的广播讲演。《牛津现代诗选》出版。

1937 年	当选为文艺协会会员。四次在 BBC 播讲。《异象》修订本出版。《1931 年至 1936 年随笔》出版。
1938 年	《鹭鸶蛋》出版。移居法国南部。随笔与剧作集《在锅炉上》写成。1月,《新诗》出版。8月,出席艾贝剧院《炼狱》首演并讲话(最后一次公开露面)。奥莉维娅·莎士比亚逝世。茉德·冈来访。完成诗剧《库胡林之死》。写作最后一首诗《黑碉楼》。
1939 年	骤病。1月26日,逝世于法国开普马丁。28日,葬于罗克布吕纳。6月,《最后的诗和两个剧本》和《在锅炉上》出版。
1948 年	遗骸由爱尔兰海军巡洋舰运回爱尔兰,受到隆重礼遇,遵照《布尔本山下》一诗所嘱,葬于斯来沟竺姆克利夫墓园。